さきくさの狂句・対句集

三枝源一郎

文芸社

さきくさの狂句・対句集

俳句・俳諧・狂句

俳聖といわれる芭蕉は、「俳句＝発句」より、むしろ「俳諧＝連句」で、非凡な特色を発揮しているように思われる。しかし「冬の日」の中の「狂句　こがらしの身は竹斎に似たる哉」は、珍しく発句であり、以下野水、重五、正平他の弟子たちが、脇、第三、四句目と続けている。

連句は複数の人達の作品であるが、自分の場合、一人で作っているので、独吟である。なお、前記の発句で「狂句」という言葉を何故使ったのかは分からない。多分、そのときの心情から出たものであろうが。

これを模して自称《狂句・対句》には、「言葉付」と「心付」をつけている。全て発意は、「世の中・見たまま」であり、これに、〝言葉の類似〟を付し、次いで〝心・意味〟を続ける。

便宜上、発句は◎で、次の「言葉付」は◇で、さらに「心付」は◆で表している。

狂句(きょうく)（◎）

狂態の俳句。五七五の字数を襲用する外はすべて無視することに於いて俳句以外のものを創り出そうとするのが狂句。

（平凡社　大百科事典）

俳句の形をとった、しゃれ・地口趣味のおどけた句。文化・文政以後の知的遊戯に堕した川柳をいうことが多い。

（広辞苑　第二版）

対句(ついく)（◇◆）

語格や意味の相対した二つの句を並べて表現すること。また、その二つの句。調子の均斉から並列対峙の美をなす修辞法。

（広辞苑　第二版）

呆け封じ
観音詣で
ねんごろに
ポケベルを
覗くオニャンコ
うれしそう
佐野大雲寺
四月二十八日
幹

さきくさ

◎歌始め　今年の御題「草」のよし
◇謳まわし　わが家の姓は〝くさ〟が付き
◆「さきくさ」は　幸草と書き　百合を言う
◎「さいぐさ」は　古代の草の　一つにて
◇「さきくさべ」　五代目頃に　部を外し
◆百合の根は　三つ又なるを　三枝と
◎神祇令　三枝祭　掲げたり
◇三枝の　神社いまなお　奈良に在り
◆百合の根が　神体なりと　伝えられ

初春

◎初雪や　夜は銀世界　朝は雨

◇恥ずかしや　世は動き出し　朝寝せり

◆世の中を　別に終日　のらりかな

◎成人式　子供にかえり　大騒ぎ

◇据え膳は　食わぬと言えば　理屈なり

◆女の子　白い襟巻き　文句なし

付き合い

◎十日会　年の初めの　会を持ち

◇どうかいな　年に恥など　かかせまい

◆現職は　見知らぬ顔が　多くなり

◎エミールで　同窓会の　祝賀会
◇笑み浮かべ　今は昔と　語り合い
◆同窓の　新年会も　今年まで

観　戦

◎ラグビーは　関東学院　Ｖとなり
◇乱取りで　敢闘せしは　美とも見え
◆多少とも　教鞭とりし　縁があり
◎初場所も　空席目立つ　大相撲
◇ハッパかけ　空を打たせて　押し戻し
◆横綱は　健闘大関　ふがいなし

私事

◎ワープロで　時の動きを　叩きけり
◇和を以て　尊しとすと　太子言い
◆名言は　世紀を越えて　動きなし

◎ワープロの　押す手間違い　ミスとなり
◇ワー風呂が　温水でなく　水になり
◆二時間の　苦労一瞬　泡となり

◎池上の　町をぶらりと　散歩せり
◇生きうなぎ　呑川べりで　見かけたり
◆五十年　古き町並み　思い出し

時事

◎海底に　ロシア原潜　沈没し
◇最低の　ロスで減点　証明し
◆海運の　後進性の　一つなり
◎日朝は　期待の薄い　会談し
◇日記帳　帰宅の後に　書くならい
◆拉致者の　生存保証　できぬとし
◎避難民　青梅を越えて　秋川へ
◇鄙（ひな）にまで　青い眼をした　お人形
◆全寮制　空き部屋ありて　役に立ち

外出

◎診療所　気温を下げて　心地よし
◇新入りは　気負ってすぐに　こごむなり
◆内科医に　月に一度の　診療で
◎十四和会　二十五日に　打ち上げし
◇年増面　二重五重に　厚塗りし
◆最終日　観にくる人も　ちらほらと

行事

◎野球では　千葉和歌山が　決勝へ
◇焼きを入れ　血は若返り　血戦に
◆黒潮を　浴びて育った　健児たち

◎晦日とて　夏の休みも　終わりなり

◇見損ない　納得もせず　追いもせず

◆三十路なる　血気さかんな　時ありき

◎防災の日　三歳の頃　思い出し

◇凡人の　散財誘う　大バーゲン

◆関東の　大震災の　起こった日

家　事

◎居留守して　猫ゴミ袋　食い散らし

◇昼寝して　寝言を言って　悔い多し

◆野良猫の　侵入犬は　役立たず

◎スミチオン　撒いて庭木を　殺菌し
◇過ぎし日を　思い俄に　元気出し
◆庭仕事　始める前の　手順にて

◎犬連れて　朝の多摩川　散歩せり
◇いろは歌　あさきゆめみし　ゑひもせす
◆集まって　老いも若きも　体操し

◎陶芸は　黄瀬戸瀬戸黒　志野織部
◇東慶寺　着せて背戸から　忍び立ち
◆民俗と　茶道の粋と　融け合いて

時局

◎国会は　コップの水で　ひと騒ぎ
◇今回は　こっちのせいと　人を指し
◆陳謝して　頭を丸め　落着し
◎七五三　祝いマスコミ　取り上げず
◇七金山　須弥山巡る　七名山
◆少子化で　祝う子供の　数が減り

しごと

◎総理府の　作文審査　狩り出され
◇掃除婦の　掃くすぐあとに　枯れ葉散り
◆議事堂を　七階で見る　秋深し

◎作文集「審査を終えて」書き終えり

◇「策文」は　質疑に応う　文書なり

◆総務庁　例年どおり　コンクール

◎記念誌の　編集会議に　出席し

◇気になって　変な意見で　混乱し

◆同窓の　活動のあと　記録せん

◎ベランダの　ジャスミンの葉を　むしり取り

◇べらべらと　ジャスコの前で　無駄話

◆この時季に　切りとることは　正か否か

世界

◎ブリテンで　七・八の　地震あり
◇振り返る　南天の葉に　手が触り
◆震源地　距離は遠いが　水続き
◎アメリカの　ブッシュとゴアは　競りあって
◇雨の中　ぶつっと靴の　紐が切れ
◆集計で　先進国が　混乱し
◎銀行の　電化装置に　感嘆し
◇義務学校　転入学は　簡単に
◆ベランダの　改修経費　送付せり

風景

◎花曇り　傘を持つ人　持たぬ人

◇鼻詰まり　嵩（かさ）にかかった　物を言い

◆小学生　完全武装　合羽を着

◎道塚は　昔ながらの　街続き

◇身につかず　向かっ腹立て　待ち疲れ

◆西六郷　少年合唱　思い出し

◎鳩の群れ　雀交じりて　和やかに

◇歯止めとは　進め止まれの　仕掛けなり

◆一斉に　飛び立つ鳩を　雀追い

所用

◎雨の中　役所銀行　用を足し
◇天の邪鬼　役にも立たず　用も無し
◆有りもせぬ　遺産譲与の　思いあり

◎菩提心　千部会式に　詣でたり
◇ダイシンの　喫茶ルームで　憩いけり
◆犬連れの　散歩を兼ねた　寺参り

◎ゆうぽうと　立正の会に　出席し
◇有望で　立派な人が　揃い居て
◆支部会は　無味乾燥で　辟易し

◎日本文理　入学式で　祝辞述べ

◇ニオブなる　乳酸菌に　侵されず

◆千駄ヶ谷　区民会館　借用し

◎事故も無く　家人戻りて　ホッとせり

◇自己忘れ　歌人却って　他を知り

◆栃木から　車で凡そ　三時間

季節

◎大雪の　後はからりと　日本晴れ

◇鷹揚に　後の方から　二歩歩き

◆残雪も　僅かにありて　清清し

◎残雪を　避けて子犬と　散歩かな
◇酸欠を　避けて小窓を　開け放ち
◆日陰には　まだかき集め　雪残り

時　事

◎森総理　３Ｋ問題　弁明し
◇モンテソーリ　三歳児から　教育し
◆３Ｋは　機密費　教育　ＫＳＤ
◎電車事故　二人の義挙が　称えられ
◇天災は　再び三度　来る恐れ
◆日韓の　懸け橋とまで　大袈裟に

私事

◎十日ほど　他用で留守の　手筈をし
◇とっかかり　頼りにならず　手が外れ
◆買い物や　袋詰めなど　手がかかり

◎自分史も　校長職まで　書き終えり
◇新聞紙　十日分ほど　始末せり
◆ワープロで　整理すませた　二百枚

◎入院の　第一日は　慌ただし
◇乳飲料　大事に飲んで　泡立てず
◆二週間　生活の場所　あれこれと

療養

◎腸検査　明日に控えて　下剤飲み

◇張騫（ちょうけん）は　烏孫（うそん）と結び　下国せり

◆車検とて　エンジン車輪　点検し

◎外泊日　子供集まり　和やかに

◇改悪に　ならないように　心して

◆ヒロユキに　チコマコトモコ　四人なり

私事

◎例年の　確定申告　準備せり

◇レーニンの　革命理論　色あせり

◆共産の　社会理想は　ロハになり

◎ドッグ二匹　息子夫妻が　連れて来ぬ
◇ドクターが　親の身体を　気遣いて
◆啓蟄で　人も元気を　取り戻し
◎麻布にて　会議の後は　街歩き
◇朝踏んで　帰りの道で　またも踏み
◆六本木　乃木坂あたり　逍遥し
◎荏原町　商店街の　賑わしく
◇威張ったり　しょげ返ったり　にやけたり
◆ひと昔　前は神社の　門前町

ニュースから

◎イスラムが　大仏像を　破壊せり

◇いたずらで　だいぶ潰して　はかがいき

◆原理主義　文化の違い　理解せず

◎親が子を　殺すニュースで　世も末か

◇オヤと言い　こだわり見せて　よもやとし

◆こらえ性　無くて育児の　ノイローゼ

歩く

◎散歩道　坂を登って　千鳥町

◇三杯目　酒が回って　千鳥足

◆久しぶり　コースを延ばし　町歩き

◎洗足池　何度目なるか　回遊し

◇戦乱を　南洲安房が　回避せり

◆八幡に　弁天遺跡　いろいろと

◎馬込では　坂を斜めに　登りけり

◇まじめとも　取れず斜めに　見上げたり

◆神社わき　八幡坂と　名付けあり

◎道道橋（どどばし）を　起点に町を　歩きけり

◇堂々と　機転とまじめ　併せ持ち

◆町歩き　コースを変えて　楽しめり

◎馬込から　新井宿まで　辿りけり
◇妻籠の　宿の風情を　思いつつ
◆新任の　学区付近が　懐かしく

季節

◎紅梅は　未だし白梅　七分咲き
◇勾配は　きつし石段　本門寺
◆池上の　梅園巡り　幾度か
◎池上で　カサブランカの　苗求め
◇生け垣に　笠がぶらんと　下げてあり
◆長栄山　麓の店で　ひと休み

◎白梅が　青みを帯びて　今盛り
◇運ばれて　負う身を思い　待ったする
◆梅園は　翁おうなで　溢れおり

外部関係

◎病院の　医師の診療　無事に済み
◇屏風絵の　一枚ずつに　見とれけり
◆池上の　病院行きも　晴れ晴れと
◎小雨にも　弥生の春の　気配して
◇寝覚めにも　やいと言われて　気が変わり
◆新刊の　雑誌を買いに　町を行き

時事

◎えひめ丸　危機管理から　事故になり
◇ゑひもせず　機嫌もとれず　散りもせず
◆ハワイ沖　真珠湾後の　話題なり
◎二・二六　六十四年の　過去となり
◇にぎにぎし　ろくでもなしの　過保護なり
◆雪の日を　思い日向の　道歩き

歩く

◎昼下がり　呑川べりを　辿りけり
◇日のさかり　飲みもしないで　よろよろと
◆体力の　保持の手段の　一つとし

◎一万歩　コースを変えて　歩きけり

◇意地もなく　腰を叩いて　休みけり

◆外歩き　日課となりて　第二日

◎万歩計　八千までで　帰宅せり

◇待ちぼうけ　ハッスルしても　気配なし

◆本門寺　大坊詣で　ねんごろに

◎池上で　鎌倉道を　辿りけり

◇生き神を　象(かたど)る日蓮　像があり

◆旧道に　相応しい家　軒並べ

◎今様の街に　山王　様変わり

◇今よりは　過去が古参は　懐かしく

◆品川と　大田の境　歩きけり

早　春

◎八雲にて　桜並木の　下通り

◇八雲立ち　中根雪谷　歩みけり

◆満開の　桜は日本の　象徴か

◎六所神　日当たりもよく　うらうらと

◇ろくでなし　日なたぼっこで　うつらうつら

◆近くには　養老施設　揃いたり

健康

◎退院後　医師の診療　済みにけり
◇大院君　李氏朝鮮で　政を摂り
◆糖尿の　脚のむくみが　多少あり

◎眼底に　内出血が　まだ残り
◇艦底に　亡骸残り　えひめ丸
◆眼科にて　薬を貰い　帰途につき

ドライブ

◎水平線　霞み海面は　滑らかに
◇水兵さん　風見てうなずき　雨になり
◆相模灘　波ひとつなく　晴れ渡り

◎幕山は　梅見る人で　賑わいて

◇漠然と　運命なりと　諦めて

◆湯河原の　湯治の客が　脚延ばし

◎東海道　国府津にて見る　六所神

◇東京は　下丸子にあり　六所神

◆六柱　神を国府に　祀れりと

高校野球

◎準決勝　十七回で　幕を閉じ

◇純真な　十七歳は　清清し

◆高校生　十七歳は　二年生

◎甲子園　八十回を　終えにけり

◇高校生　ハッタリなしが　とりえなり

◆甲子(きのえね)とは　すべて干支(えと)の　ことも言い

◎プロ野球　高校ともに　横浜勢

◇風呂を出て　テレビ眺めて　横になり

◆野球技を　輸入したのも　横浜港

　暮らしいろいろ

◎「太平記」　民の暮らしに　共感し

◇平成の　不況昔も　同じこと

◆連歌まで　「狂句・対句」に　よく似たり

◎処暑過ぎて　風の気配も　変わりけり
◇「猩猩」は　楊子の里に　住まいおり
◆二十四の　節気の移り　確実に
　近辺の事
◎熱海まで　とんぼ返りで　用足しに
◇当て外れ　とんと進まぬ　用事かな
◆行きは車　帰りは電車　ヨッコラショ
◎海岸で　華麗な花火　眺めけり
◇簡便な　カレーを食べて　待ちいたり
◆三時間　雨中で待った　甲斐ありき

足利にて

◎「訓導」の　用語始めか　足利校
◇薫陶の　もとにあるのは　孔子教
◆「学校」も　足利学校　創始なり
◎「徳入」と　門に掲げた　足利校
◇徳利の　薫酒山門　許されず
◆門外で　抹茶セットを　味わえり
◎鑁阿寺（ばんなじ）の　南の庭で　憩いけり
◇高氏は　南を敵に　兵を挙げ
◆足利は　テラスの上に　出来た町

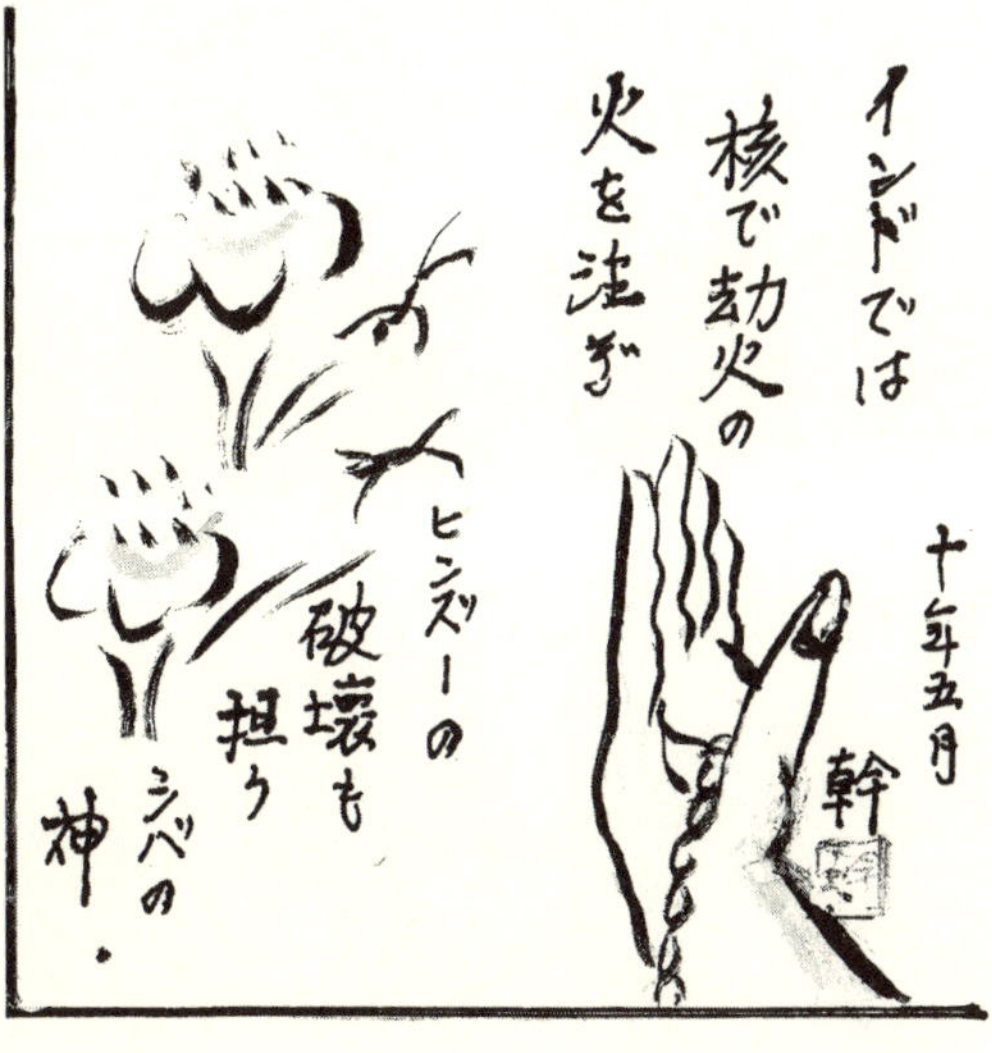
インドでは
核で劫火の
火を注ぎ
ヒンズーの
破壊も
担う
シバの
神。
十年五月
幹

中世への興味

◎「歌書よりも　軍書に悲し」と　古人詠み

◇軍書より「吉野拾遺」は　歌書に似て

◆中世は　八、九割まで　戦史なり

◎年表に　有りや無しやの　弘文帝

◇皇統の　三十九代　有りと無し

◆大友の　皇子の帝位は　七か月

◎能狂言　唱・白・科とで　成り立つと

◇能無きは　唱・白多く　科に乏し

◆中国は　しぐさのことを　科とも言い

◎「天(あめ)が下　隠れ家なし」と　醍醐帝

◇アメリカは　世界でイスラム　テロを追い

◆権勢で　まとまりきれぬ　世の習い

世　情

◎毒物の　恐怖世相　不安生み

◇特別の　社会施策は　無きにしや

◆無差別の　殺意人心　荒れにけり

◎テポドンの　北鮮のデモ　愚かなる

◇ピカドンは　日本だけが　怖さ知り

◆核持たぬ　日本世界の　要保護児

◎自自連携　政権維持の　苦肉策

◇じじばばが　杖を頼りの　散歩かな

◆来春の　参院対策　目に見えて

会　合

◎元校長　フロラシオンで　会合し

◇尤もな　プロ集団の　面揃い

◆懐かしく　思い出もある　仲間たち

◎演舞場　特約席で　新派を観

◇演出も　毒薬もので　新味出し

◆山城（新伍）が　水（谷）と波（乃）とで　沈没し

紀行

◎子(ね)の権現　山に登って　参詣し
◇嶺(ね)の上で　周り見渡し　深呼吸
◆子(ね)の刻は　十二時方位　北の方

◎秩父から　名栗の道を　走りけり
◇父親の　名残の音頭　思い出し
◆ガソリンの　補給の店を　探しつつ

◎高峰の　きのこ料理で　満足し
◇高くなし　気のきいた味　コースかな
◆空気よし　紅葉もよしで　賞味せり

この数日

◎三人の　子持ち手にした　優勝旗
◇三人の　横綱転げ　腑甲斐なし
◆三つ揃い　力と技と　気力なり

◎勤労も　せずに感謝の　日を迎え
◇緊張も　弛緩もなしに　午睡かな
◆勤労を　感謝されない　親が増え

◎文化の日　武道大会　見入りけり
◇ふっつかな　若き戦歴　思い出し
◆引き際の　小手と胴撃ち　目立ちけり

近頃

◎木枯らしと　初雪降るの　報せ有り

◇コカコーラ　初めの頃程　美味くなし

◆こたつにて　コーラ飲みつつ　テレビ見る

◎クリントン　弾劾選挙　免れず

◇共和党　実質的に　負け戦

◆民主党　日本だけは　野党なり

◎中国の　残留孤児の　痛ましく

◇痛恨と　ざんげとがあり　こもごもと

◆戦中派　こころの傷む　歴史なり

◎若貴が　負けて本場所　盛り上がり
◇松坂が　受けて横浜　意気揚がり
◆スポーツも　新陳代謝　時季となり

諸会合

◎文京の　楽天会に　出席し
◇文豪は　白楽天に　範をとり
◆文京は　文化の京を　略せしか

◎立正の　地理の仲間と　会食し
◇立食の　席で無いので　安心し
◆会食中　地理の話題は　何もなし

読書の秋

◎太平記　中国史まで　教えられ
◇たいへんで　中途半端に　終えもせず
◆中国の　故事来歴が　華を添え
◎引き続き　読書週間　太平記
◇引き回し　得々として　猿芝居
◆権勢の　争い死者は　無限なり

北信紀行

◎荒船（山）を　面舵（おもかじ）にとり　軽井沢
◇軽井沢　左舵（とりかじ）にとり　小諸かな
◆林間の　施設巡りの　時期ありき

◎小諸なる　古城の跡で　菊を見つ
◇小ぶりなる　菊の一鉢　求めけり
◆懐古園　老いたるカップル　目立ちけり
◎高峰の　いで湯の窓の　紅葉かな
◇誰が活けし　野萩の鉢の　雅かな
◆高過ぎて　山の裾野は　煙りおり

テレビ報道から

◎米国は　イラク制裁　唐突に
◇大国の　要らぬ節介　正当化
◆安保理の　査察拒否への　報復と

◎バグダッド　アラビアンナイトの　夢も失せ
◇漠漠と　荒れた砂漠の　街が見え
◆イスラムを　アングロサクソン　敵となし

年賀状書き等

◎ア行から　年賀葉書を　書き始め
◇あそこにも　念のためにと　書き添える
◆新しい　郵便番号　手間かかり
◎年賀状　カ行まで書き　ひと休み
◇懇ろに　変わりなしやと　言葉添え
◆内閣も　補正通って　ひと休み

◎煤払い　朝から内の　拭き掃除

◇鈴掛は　麻の衣で　露防ぎ

◆狭き家　夕刻までに　終わりけり

◎障子張り　糊が薄くて　失敗し

◇精進で　海苔と薄茶で　間に合わせ

◆年の瀬の　何年ぶりか　障子張り

◎デパートで　干支（えと）の置物　求めけり

◇おかちまち　江戸の気分の　年の暮れ

◆気の故か　兎の像は　控え目に

年の暮れ

◎自転車で　日暮れの道を　無駄走り

◇自動車の　入れぬ街を　覗き見し

◆競輪の　選手まがいに　よく走り

◎おかち町　何か有りやと　歩きたり

◇おかしきは　日本製の　中華服

◆アメ横は　香港に似た　繁華街

平成十一年正月

◎ひと跳ねに　期待のかかる　卯年かな

◇人はみな　着たいもの着て　食は足り

◆国と世の　力に換える　術なきや

◎孫二人　娘二人が　顔見せり

◇まごうこと　無くてわれらに　よく似たり

◆娘より　期待のかかる　孫二人

◎初詣で　川崎大師に　出掛けたり

◇春五日　変わらぬ今日も　人の波

◆大師には　景気回復　世の願い

◎小学校　唱歌で和む　竹早会

◇小寒の　日和よき日の　集いかな

◆女教師の　師と慕われた　故人かな

ニュースから

◎脳死とは　脳波停止が　決め手とか

◇脳幹も　大脳皮質も　外回り

◆生と死の　区分人生　定義づけ

◎脳死者の　臓器移植は　心(臓)肝(臓)腎(臓)

◇日の本に　儒学移植は　晋韓人

◆外よりも　内の改造　骨が折れ

身辺事情

◎久し振り　枯れ葉枯れ枝　始末せり

◇ひさかたの　日も永くなり　五時を過ぎ

◆軽くとも　労働の後　気分よく

◎家事整理　ハードソフトの　二つあり

◇火事場では　ハード持ち出し　第一に

◆ソフトとは　記録執筆　文献類

◎高齢者　免許更新　受講せり

◇恒例の　眼の検査には　やや不安

◆七十五　高齢者なりと　教えられ

◎横須賀で　甥の挙式に　参列し

◇横横(新道)は　追い越し易い　三車線

◆ホテルから　逸見波止場を　眺めけり

◎大森の　町に所用で　外出し

◇大盛りの　飯とお新香　満足し

◆大森駅　新卒の頃　通いしも

人生

◎誕生日　雑事に追われ　暮れにけり

◇単調に　ならないことを　心がけ

◆満年齢　七十九歳　早きもの

◎朋友（ポンユウ）の　葬儀の後の　虚ろなる

◇凡庸と　実直さとで　相似たる

◆五十五年　付き合いし今　別れ逝く

地球の上

◎コソボでは　ユーゴ引き上げ　仲直り
◇ことばでは　言うことも無く　ナトー軍
◆漁夫の利は　ロシアいつもの　手法なり

◎放映の　漠高窟に　見入りたり
◇望遠と　真っ向からの　映写なり
◆見応えは　四十五窟　さすがなり

催し

◎現展の　写真絵画を　見学し
◇原点に　立って懐疑の　目覚めあり
◆材と技　多様なれども　意は一つ

◎主婦連で　消費社会の　話聞き
◇収斂線　少々雨の　気配あり
◆講演で　女性パワーを　思いけり

旧友

◎友人の　相次ぐ訃報　悲しけり
◇夕刻は　相変わらずの　狂句かな
◆戦友と　後任校長　身近なり
◎海神（わだつみ）の　友の葬儀に　立ちあえり
◇若き日の　共に鍛えし　仲間なり
◆筑波嶺を　共に歩きし　頃ありき

諸々

◎「父の日」の　食事今年も　ジョナサンで

◇地図を見て　目当てのコソボ　上段に

◆ジョナサンは　父より子供が　主役なり

◎年間の　諸税納めて　安堵せり

◇念願の　銀行回り　済ましけり

◆国民の　義務を果たした　気分なり

◎正論も　名論もある　会議かな

◇聖堂の　会議帰りは　雨となり

◆有終の　美を飾らんと　論議せり

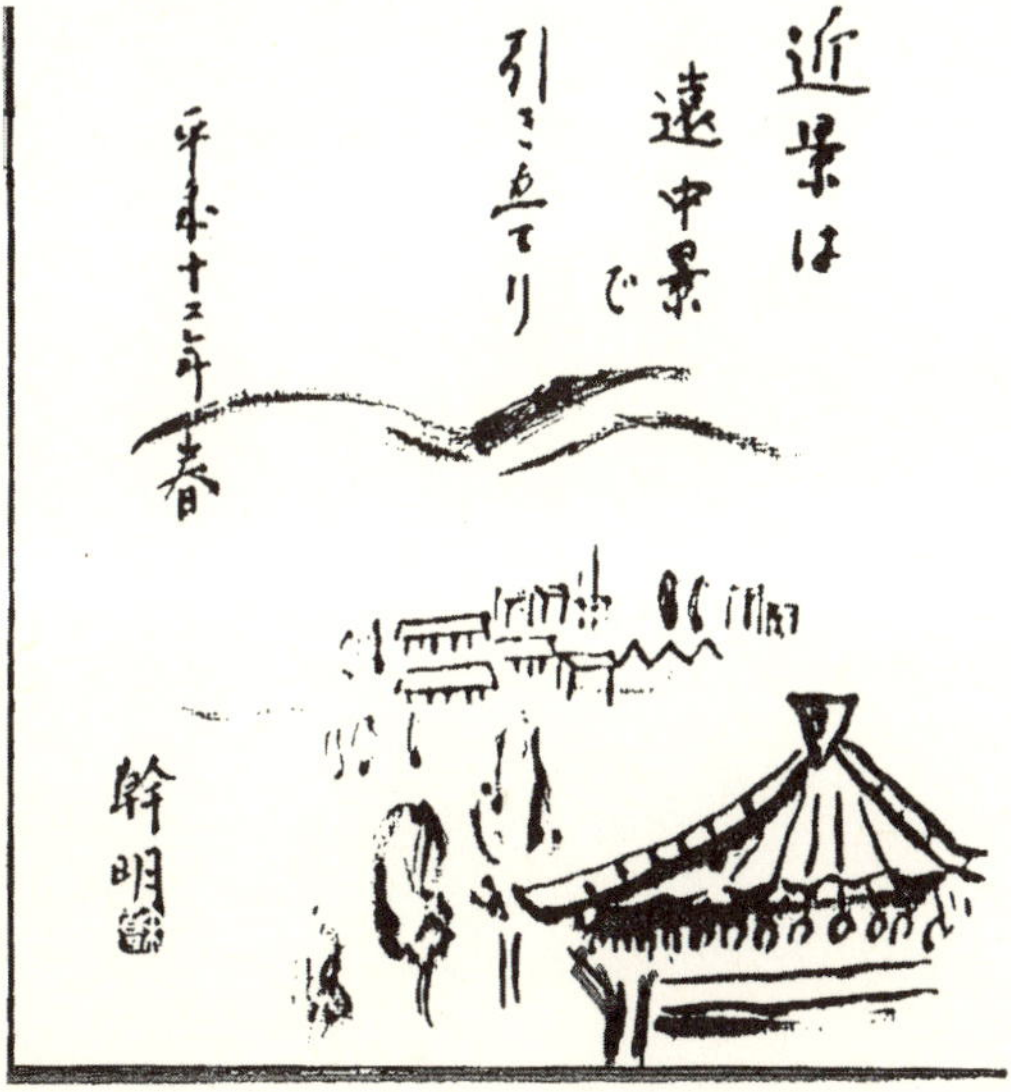
近景は
遠中景で
引き立てり
平成十五年春
幹明

地方巡業

◎御殿場市　富士の偉容に　囲われて

◇お転婆は　富士額無視　おでこ出し

◆市役所の　観光係　親切に

◎雨の中　醤油の野田を　歩きけり

◇アメリカで　日本の味は　醤油味

◆野田の町　キッコーマンが　羽振りよく

小旅行

◎旧街道　民家の傍に　桜有り

◇九階の　テラスから見る　桜かな

◆営みは　海 山 里に　町屋なり

◎長岡で　洋蘭センター　訪ねけり
◇洋蘭は　値段も高し　見場もよし
◆入場料　一人がなんと　千二百円

湘南

◎真鶴で　砂を少々　集め来ぬ
◇招き猫　金集めんと　人を呼び
◆サボテンに　塩分ありて　不向きとか
◎桜咲く　三日の旅を　終わりけり
◇先先の　里に期待し　歩きけり
◆小田原の　城も桜で　装えり

テレビ視聴あれこれ

◎警視庁　長官公舎　九億円
◇安全(普及協会)の　年間予算　四億円
◆要人の　生命保全　安くなし

◎二大関　千秋楽で　対決し
◇仁王立ち　優勝旗手に　武蔵丸
◆正面で　力比べは　武蔵勝ち

話　題

◎NATO軍　ユーゴ爆撃　停止せず
◇仲直り　友好までは　果たし得ず
◆爆撃の　中止名分　不明なり

◎国会は　周辺事態で　討論し

◇奇怪な　周遊船は　逃亡し

◆自衛隊　任務の程が　問われたり

海軍わだつみ会

◎わだつみ（海神）会　挨拶原稿　認（したた）めぬ

◇我が罪は　あいもかわらぬ　舌たらず

◆美辞麗句　並べようにも　素地がなし

◎亡き戦友（とも）を　思い巡らし　午睡かな

◇渚にて　重い弾薬　運びけり

◆ソロモンの　ガ島の砂は　白かりき

テレビ観戦

◎Jサッカー　決勝進出　元気よし

◇サッチーは　決戦避けて　引きこもり

◆スポーツ欄　三面記事を　引き離し

◎ミッチーの　サッチー批判　爆発し

◇二人とも「代」のつく名前　優しそう

◆金持ちは　喧嘩をせずと　黙秘権

会合

◎日本文理　入学式で　祝辞述べ

◇二本分　牛乳飲んで　しくじりぬ

◆新入生　分からぬ話　ひとくさり

◎先達の　葬儀の式に　参列し

◇千般の　創業多彩　功ありき

◆若き日に　大向をば　盛り上げし

連休

◎連休の　第一日は　昼寝かな

◇れんこんも　大根も根で　下に伸び

◆竹の子は　地下茎から出て　上に伸び

◎連休で　車少なく　街静か

◇れんげ草　くまなく咲いて　春盛り

◆東京に　戻るピークは　あしたとか

◎悪いこと　すれば自殺も　怖くなし

◇脇を見て　忘れた年を　思い出し

◆生きるより　死とは気楽な　選びかた

◎暦では　立夏といいし　夏日かな

◇好みなる　リュックを背負い　遠出かな

◆なけなしの　一張羅をも　衣替え

◎子と孫と　祖父の三代　酌み交わし

◇ことなげに　ソフトクリーム　女性たち

◆学会と　予備校終えて　集まれり

◎竹早会　おばさまたちの　大集会
◇竹の子の　面影遥か　年経たり
◆竹の葉の　繁みの陰に　旧師たち

身辺事情

◎眼科では　男女は　一対二
◇頑張って　遅く起きても　一二三
◆目薬を　貰いに医大　三月ぶり
◎懸案の　桜の枝を　切りにけり
◇原案は　さらりと詠めて　切れもよし
◆桜んぼ　小粒ながらも　色づけり

周辺

◎吾妹子（わぎもこ）は　帝国ホテルの　会に行き
◇和議の後　デモを取りやめ　大使館
◆有楽町　徒歩十分と　教えたり

◎百草園　ぐるぐる回り　たどりつき
◇もぐもぐと　そば饅頭に　食らいつき
◆雨の中　歩く気もなく　引き返し

外出

◎都安研　顧問の会に　出席し
◇ひと安心　困ったことが　解消し
◆安全は　国と地域と　子供まで

◎泰平の　東京の街　歩きたり

◇大正と　昭和の後の　平和なり

◆この国の　一億分の一　担うわれ

天気

◎風強し　メイストームとか　名付けられ

◇加勢して　迷惑もある　コソボかな

◆和歌山で　四十二M　屋根が飛び

◎梅雨に入り　初めての雨　清清し

◇対の句は　始まりの語に　苦心をし

◆雨の中　緑の濃さに　目を見張り

検索

◎日曜日　江戸の歴史を　読みにけり

◇二丁目は　干支の方位で　西隣

◆田と畑　基調となりし　江戸の頃

◎本草家（ほんぞうか）　江戸の科学を　きり拓き

◇本当か　嘘か胃の腑を　きり開き

◆昆陽は　薯（いも）作りまで　始めたり

生活

◎僅かでも　印税が入り　重宝し

◇忘れいし　安全の本　地方版

◆出版で　論議かわせり　ふた昔

◎八重洲口　安田の会に　出席し

◇八重歯まで　優しくせよと　医者は言い

◆暇の身も　財務と身体　気にかかり

◎銀行で　わずかな財務　整理せり

◇原稿を　恥ずかしながらと　書きはじめ

◆長銀の　幹部逮捕を　伝えられ

◎住民税　都市計画税　納入し

◇随分と　取り立てられる　気分にて

◆年貢地租　今は住民　負担税

社会

◎順天堂　デパートなみの　人の群れ
◇順番を　テレビ眺めて　待ちにけり
◆胆嚢の　手術以来の　なじみなり
◎何事か　サイレン鳴らし　パトロール
◇苗床の　ハーブの新芽　出揃いて
◆のどかなる　夕暮れどきの　街の中

近況

◎月替わり　新刊雑誌　求め来ぬ
◇月掛かり　新聞電気　ガス水道
◆一日は　富士山開き　安全日

◎降りそぼつ　雨の水はけ　手入れをし
◇古びたる　雨衣と靴を　取り出して
◆水はけも　我が家の事は　務めなり

道中

◎東海道　混んで海岸　バイパスへ
◇統廃合　高校問題　やり直し
◆藤沢で　左折し凪いだ　海を見て
◎海老と蟹　食べるツアーに　参加せり
◇笑み浮かぶ　旅に出るのは　久しぶり
◆山のえび　畑のかにの　味がして

夏盛り

◎雷で　本格的な　夏になり
◇成り成りて　余れるところ　一つあり
◆風呂に入り　へその所在を　確かめつ

◎冷房と　風で暑さを　凌ぎけり
◇連峰の　ひだの涼しさ　思いつつ
◆信州の　山の連なり　偲びけり

時の話題

◎江藤淳　妻の後追い　世を去れり
◇干支（えと）で兎（う）の　年の後追い　龍が来る
◆漱石の　「こころ」を論じ　心有り

◎空港の　しくみよく知る　ハイジャック

◇空想で　ジャンボ操縦　してみたく

◆検閲を　通らず刃物　持ち込めり

旅する

◎浅間山　夏の装い　久しぶり

◇朝まだき　納得のいく　眺めかな

◆涼風は　碓氷を越えて　爽やかに

◎雪窓湖　探し無駄骨　折りにけり

◇せっかくの　案内者顔　丸つぶれ

◆田舎道　道路改修　地図に無く

◎高峰の　秘湯に浸りつ　昼日中

◇誰が為の　ヒューマニティか　鐘が鳴り

◆涼しさは　二千米　山の上

◎湯河原と　熱海で連夜　花火を見

◇湯上がりの　暑さを忘れ　夕涼み

◆熱海のは　質量ともに　上回り

季節

◎七夕の　夜空はさやか　天の川

◇棚ぼたを　頼みサボりの　天の邪鬼

◆庭先の　竹で笹の葉　間に合わせ

◎盆の入り　先祖の霊を　迎えけり
◇凡人は　先頭に出て　戸惑えり
◆迎え火を　小雨の中で　焚きにけり

出歩く

◎地下鉄は　駅名だけが　頼りなり
◇違っても　行きたい方の　道を取り
◆窓外は　暗闇だけの　眺めゆえ
◎大森の　駅の近くで　用を足し
◇大盛りの　駅のそばやで　食事せり
◆銀行と　店を巡って　歩きけり

政治

◎珍しく　過去に触れぬと　江主席

◇目覚ましく　格好よくと　高姿勢

◆小渕さん　中国行きは　大儀なり

◎コンゴでは　内戦やめて　ひと休み

◇今後とも　内内にとて　伏し拝み

◆アフリカの　平和の歩み　やや進み

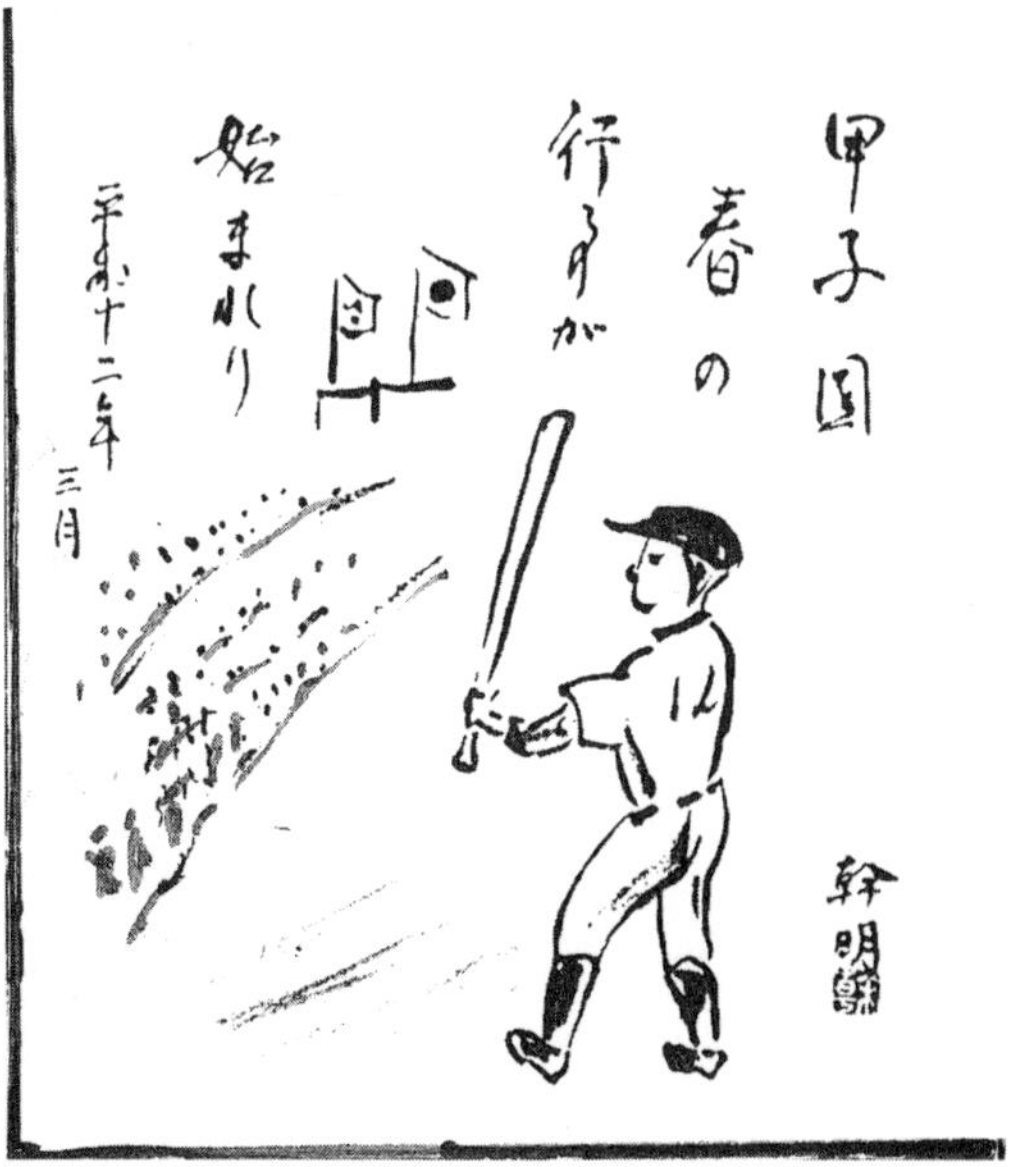

甲子園
春の
行事が
始まれり
平成十二年
三月
幹明

不肖

◎立正の　同期の会に　出席し
◇立国の　祈念の塔に　賛仰し
◆幹事長　押し付けられて　閉口し

◎会長を　仰せつかって　大向会
◇懐かしい　人もいるのだ　行こうかい
◆四十人　よくもこれほど　集まれり

報道から

◎大相撲　ひいき無けれど　おもしろし
◇押し相撲　引き角力より　上回り
◆上位陣　みな持ち味を　発揮せり

◎奈良の鹿　胃潰瘍虫歯　増えたとか
◇中三日　五日かかって　ひと仕事
◆食べ物で　人の病気と　似てきたり

諸会合

◎十四和会　案内状を　発送し
◇年若く　血気盛んな　時ありき
◆この会も　あと何年が　続くやら
◎同期会　展覧会を　開催し
◇年のわり　幼稚な句と絵で　協力し
◆書にも絵も　元気潑剌　意気盛ん

お茶の水界隈

◎お茶の水　八重洲丸善　巡りけり

◇お茶飲んで　焼いた団子で　目白黒

◆額縁と　原稿用紙　買い求め

◎医科大の　眼科通いは　久しぶり

◇意外にも　絵画の展示　二三あり

◆目薬を　貰って帰り　ひと安心

家事いろいろ

◎昼下がり　葡萄の蔓を　剪定し

◇陽は盛り　ぶよに刺されて　すぐに止め

◆楽しみは　房下がりおり　二つ三つ

◎ジャスミンを　七分刈りして　清清し

◇休みつつ　七面倒と　思いしも

◆春先に　白き花付け　可憐なり

流水事故

◎洪水で　河川の中洲　悲劇なり

◇豪雨にて　カーまで流す　エネルギー

◆熱低が　山の麓で　八つ当たり

◎流行の　アウトドアには　事故多し

◇洪水に　問われるリーダー　シップかな

◆道志川　玄倉川が　牙を剝き

世情

◎民主党　代表選挙　鳩が勝ち
◇民衆の　平和の願い　鳩じるし
◆鳩山氏　祖父の余徳も　かなり有り
◎自民さん　何事もなく　総裁選
◇地震さえ　無いと台湾　良いところ
◆小渕さん　過半数得て　ひと安心

身辺記事

◎海軍の　日記取り出し　読みにけり
◇悔恨で　二進(にっち)もいかぬ　記事もあり
◆自分史の　一角にある　真珠湾

◎篤志家に　中国菜種　貰いけり

◇徳目の　忠孝を説く　モラリスト

◆春先に　芽の出揃うを　願いつつ

帰　京

◎四日ほど　空けた東京　秋の風

◇横綱の　欠場目立つ　秋の場所

◆満員の　お礼の吊るし　今日もなし

◎緑無く　ビル立ち並ぶ　恵比寿かな

◇見取りして　ビール一杯　恵比寿顔

◆改札は　遥か三階　恵比寿駅

ニュースから

◎八五兆　国の予算は　過去最高

◇八百長で　体調不調と　某府知事

◆税収は　半分あとは　借金で

◎女子柔道　女子駅伝を　視聴せり

◇上水道　駅前通り　支庁舎へ

◆スポーツに　女性パワーも　見ものなり

新年へ

◎この一年　技術日本に　陰りあり

◇この位置で　気張ってみても　効はなし

◆核の事故　ロケット落ちて　元気なし

◎ミレニアム　多々の話題を　提供し
◇見ればこそ　千年先の　世の姿
◆年代も　呼称はそれぞれ　国ごとに
　世の中

◎有珠山の　地鳴り噴火の　恐れ有り
◇うずくまり　地面をにらみ　空を見る
◆北は有珠　南雲仙　地震国

◎有珠山は　噴火二十　三年ぶり
◇うるさいと　犬を叱るも　憎からず
◆飼い犬を　噴火に比すは　四月馬鹿

もろもろ

◎脳梗塞　内閣すぐに　総辞職
◇ノー高速　内角車輪　小回りに
◆高齢者　ブレーキ早めに　赤信号

◎活火山　新内閣に　期待され
◇格好よく　知らない顔し　機嫌とり
◆頭だけ　代わり身体は　元のまま

◎退公連　空き部屋借りて　会議をし
◇太公望　飽きもしないで　糸を垂れ
◆不忍（しのばず）の　池のほとりは　風情有り

◎わだつみ会　幹事ルミネで　会合し
◇吾妹子(わぎもこ)は　稀にルビーで　飾りをし
◆つわものの　頃の思い出　語り合い

◎エミールで　同窓総会　開催し
◇笑みもあり　了解そうかい　無事終わり
◆エミールは　J・J・ルソーの　古典から

◎栃木から　親戚五人　訪れぬ
◇栃乃洋　回しを取られ　敗退し
◆大相撲　観覧のため　上京と

私事

◎子供の日　童謡集を　出して見る

◇ことばから　どういう曲か　思い出し

◆昭和初期　大正作が　多かりき

◎湯島から　御徒町まで　歩きけり

◇揺ら揺らと　徒歩（かち）歩きにて　汗をかき

◆タクシーに　乗ればよいのに　節約し

◎資産税　都市計画税を　払い込み

◇試算して　年を数えて　張り切って

◆二つとも　市民の義務と　覚悟せり

時事

◎銀行の　汚職はなべて　億がつき
◇貧困の　盗みはせいぜい　万止まり
◆世の中は　金で動くと　よくも言い

◎少年の　非行今日も　報道トップにて
◇少年法　以前にまして　論議され
◆反抗期　二倍程にも　長くなり

◎ジャイアンツ　四連勝で　トップなり
◇シャイな奴　四番打者は　ちょっと無理
◆外出は　早めに帰り　ナイターで

◎沖縄の　サミット待たず　小渕さん
◇沖の鳥　さっと飛びたち　後見せず
◆惜しまれて　逝くは人生　至上なり
◎「神の国」　言葉足らずの　森総理
◇噛みしめる　言霊添わず　アイムソーリー
◆言葉より　身体に期待　体育系

季節

◎節分は　少し小声で　豆を撒き
◇説明は　少し凍えて　口籠もり
◆夕空に　春の気配が　漂えり

◎立春で　日射し和らぎ　風もなく

◇立腹を　中に収めて　風立たず

◆天空に　陸に海辺に　季が移り

話　題

◎日米の　トップ教書は　相似たり

◇日蓮の　唱う教義は　法華経

◆両方で　教育改革　期待して

◎オウム教　少年法なみ　「観察」に

◇仰向いて　正念場と　覚悟をし

◆改心を　しても殺人　罪消えず

身辺あれこれ

◎自分史も　調子に乗って　表作り

◇自慢史に　ならないように　心して

◆公職の　あと二十年にも　なりにけり

◎鱈場蟹　三等賞で　届きけり

◇足らば足れ　足らぬもよしと　味わいつ

◆食卓を　はみ出す程に　脚長く

◎先輩の　「雑想集」に　眼を注ぎ

◇専売の　颯爽とした　筆さばき

◆先発の　図書館教育　功労者

◎近年の　旅行の記録　チェックせり

◇近畿なる　旅行パンフが　散乱し

◆十年余　手帳を揃え　検討し

外部関係

◎わだつみ会　一日かかり　案を立て

◇我が罪は　一日しごと　次ぎ休み

◆海軍の　仲間の顔を　浮かべつつ

◎同窓会　終わりの在り方　話し合い

◇どうなるか　尾張名古屋の　城普請

◆万世を　願う気もあり　肉を食べ

世の中

◎コネティカで　マケイン勝って　ブッシュ負け
◇ミネソタは　負け犬側に　力貸し
◆最終は　ブッシュとゴアの　押し比べ

◎「手心」を　金融界は　禁句とし
◇「手のかかる」　子供　教育界に増え
◆政界の　一側面が　表に出

◎電車事故　身近な不安　一つ増え
◇天災は　短い時間　しのぐのみ
◆犠牲者は　人災とても　弱者なり

季　節

◎春間近　ひかん桜の　便りあり
◇晴れ間から　光も射して　月替わる
◆閏年　恵みの意あり　期待され

◎春の雨　降るともなしに　葉を濡らし
◇「はるさめ」は　吸い物によく　酢にもよく
◆気象庁　「暖かい雨」と　名付けたり

◎春浅し　最後の灯油　補給せり
◇はらはらし　サイコドラマに　興じたり
◆二缶ずつ　今年は何度　入れたるか

昔仲間

◎大向　昔仲間と　会談し

◇仰向けで　向かい風受け　回転し

◆神南と　校名変わり　立派なり

◎神南小　池上小と　回りたり

◇仁和寺の　生け垣の花　思い出し

◆二十代　五十代での　勤務なり

旅　行

◎冬の日に　千古の宿で　湯に浸かり

◇ふつつかで　前後も忘れ　酒びたり

◆信州の　百名湯の　ひとつとか

◎山でみる　関東平野　冬景色

◇山下り　勘違いして　路迷い

◆稲刈りの　済んだ田圃の　広々と

近　況

◎御代田から　六時間かけ　帰宅せり

◇美代さんの　運転ぶりも　板につき

◆初雪を　スリップせずに　無事に着き

◎ファミリーの　作文評を　書き終えり

◇半ミリの　作図のミスで　恥をかき

◆総理府に　速達送り　安堵せり

会合等

◎データの会　二十人ほど　集まれり

◇「でたらめ」の　デとタ　を付けた会の由

◆往年の　猛者（もさ）の集まり　意気盛ん

◎乗り継いで　三人展に　辿り着き

◇海苔付けて　三人分も　平らげて

◆水彩に　水墨書道　玄人芸

十二月八日

◎真珠湾　五十八年　経ちにけり

◇心情は　まだ若けれど　ぼけもあり

◆敗戦と　バブルと　今の低速化

◎自分史の　一角にあり　真珠湾

◇新聞紙　夕刊のみに　ちょっと載せ

◆往年の　ファイトが欲しい　日本人

暮れ近く

◎年賀状　印刷頼み　犬連れて

◇ネガティブな　印象よけに　意匠変え

◆スーパーを　避けていつもの　店に行き

◎超音波　検査がすんで　ひと休み

◇冗談は　謙虚にすべく　人を見て

◆診察も　一日がかり　楽でなし

諸々

◎車検にて　雪谷までを　往来し

◇邪険にも　行きはよいよい　帰りは夜

◆師走の夜　寒さは寒し　月明かり

◎カローラの　車検が済んで　戻り来ぬ

◇辛うじて　叫んでみても　どもるだけ

◆二年間　事故無きことを　願いつつ

眺め

◎遠景と　中近景が　釣り合えり

◇演芸の　中継放送　恙無く（つつがなく）

◆想像を　写真テレビで　着色し

◎街道の　松は昔の　道しるべ

◇関東の　街を走って　道覚え

◆十七号　十八号と　回りけり

暮らし

◎頼み置きし　ハーブの土が　届きけり

◇頼もしい　ハーフひと蹴り　盛り返し

◆ラベンダー　青紫の　花をつけ

◎腐葉土を　一袋買い　間に合わず

◇不用とは　人の所用に　足りぬこと

◆ラベンダー　独自の土が　あるとやら

事件

◎怖きもの　核分裂に　一つ増え
◇この度は　作業過程の　ミスがあり
◆地震火事　雷などと　肩並べ

◎臨界で　県警都内の　検査をし
◇臨海の　事故は港の　ＪＯＣ
◆「臨界」は　熱や気圧の　用語なり

教育関係

◎神南の　運動会を　見物し
◇銀杏（ぎんなん）の　実を拾いたる　こともあり
◆低学年　女児の元気さ　目立ちけり

◎斑目氏　新聞に載り　にこやかに

◇出鱈目と　親しみこめた　あだ名あり

◆姓氏録　研究発刊　日の目を見

教育界

◎教師への　評価基準の　凄まじさ

◇驚異的　氷河を融かす　温暖化

◆能力と　情意実績　詳しすぎ

◎学級の　崩壊とやら　打つ手なし

◇学校は　手を上げどうぞ　ご家庭で

◆先生に　お任せしてと　親の弁

◎女生徒が　教師を刺すと　ニュースあり
◇女教師が　生徒を刺した　こともあり
◆銃砲の　規制の法は　どこへやら

雑件

◎水道の　業者を訪ね　歩きけり
◇水筒に　残った水で　一息し
◆手洗いや　顔洗う水　苦心せり
◎秋口の　聖護院大根　蒔きにけり
◇呆れ果て　性懲りもなく　尻尾出し
◆飽くまでも　素人園芸　自信なし

いろいろ

◎七環は　トンネル事故で　混雑し

◇難関は　次の道路の　選び方

◆やむを得ず　自由が丘を　回り道

◎ティモールは　独立巡り　分裂し

◇散り積もる　木の葉集めて　燃しにけり

◆蘭領後　インドネシアの　所轄なり

会合

◎十四和展　冷酒一杯　打ち上げし

◇年甲斐も　礼儀も忘れ　有頂天

◆貰い酒　帰途を急いで　半端なり

◎総理府の　作文審査　委嘱あり

◇総じては　高学年の　女子が良く

◆老人と　青年の事故　急増し

◎総理府が　内閣府とか　名前変え

◇掃除婦に　案内図見て　教えられ

◆総理府の　五階で見下ろす　国会堂

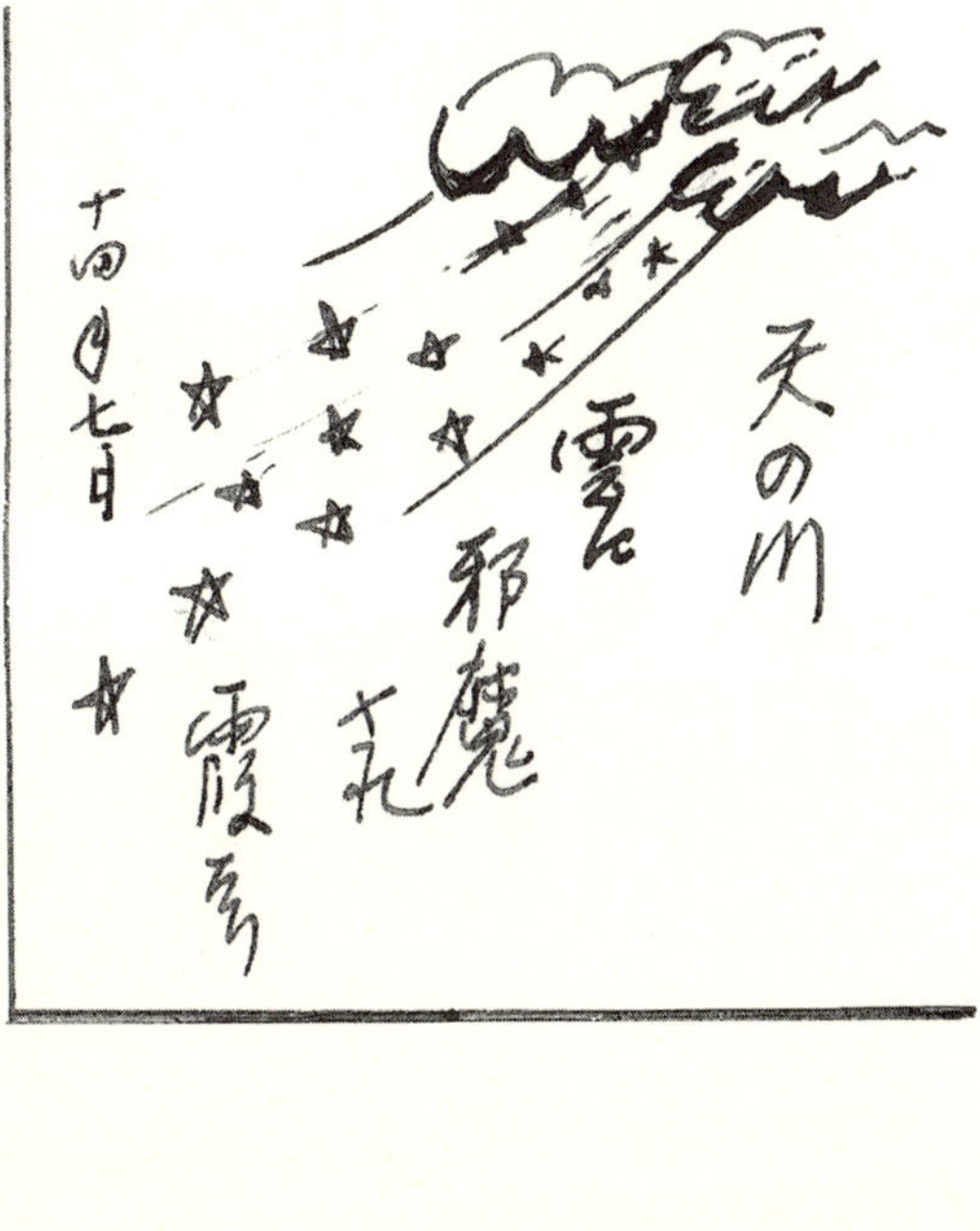
天の川
雲に
邪魔され
霞亭
十四日七月

日々

◎外歩き　春雷に遭い　引き返し
◇相当な　信頼もあり　贔屓せり
◆寒冷の　前線があり　春浅し

◎春弥生　息子夫婦と　花見せり
◇腹はよし　むずかしげなる　顔見せず
◆孫一人　先に来ていて　場所をとり

あれこれ

◎政治家の　汚職相次ぎ　かまびすし
◇世辞うまく　オイソレと言い　構いなし
◆道連れも　三人となり　ＳＴＫ

◎青巒社　好み特色　それぞれに
◇晴嵐に　曇り春雨　雪景色
◆先輩に　後輩同期も　顔並べ

春愁

◎陽はうらら　庭の手入れを　ひとしきり
◇鶸らしき　二羽が揃って　飛び来り
◆狭き庭　小鉢の数が　増えにけり
◎雨になり　務め終えしか　散る桜
◇網戸上げ　ふと見上げると　うば桜
◆散る桜　残る桜も　散りはじめ

公園

◎親子にて　ボール蹴りおり　日暮れ時

◇オヤッとか　ぼんやり気分　眼を覚まし

◆公園の　若い桜は　葉も一緒

◎散る桜　残る桜も　今日明日か

◇知り得たり　蓄えたるも　僅かにて

◆人生を　引き比べみる　桜かな

季節

◎雷鳴に　犬が怯える　冬嵐

◇耳鳴りに　年を覚える　冬の風邪

◆外歩き　雨が激しく　中止せり

子供

◎幼児でも　「わたし」と「俺」を　使い分け

◇用心し　渡しに乗らず　橋渡り

◆三歳児　遊びは男女　共通し

◎塀に乗る　子供の遊び　奔放に

◇ヘリ一機　こともなし気に　高く翔び

◆冬空に　負けず子供は　元気なり

風景

◎呑川の　流れ常より　澄み透り

◇飲むかわり　お流れの杯　捧げたり

◆鶺鴒（せきれい）が　一羽小石を　つつきおり

◎多摩河原　風強けれど　晴れ渡り

◇たまさかに　嫁いでみむと　張り切って

◆ビル群の　日なたと日陰　くっきりと

　会　合

◎「海洋」で　学大の会に　出席し

◇快調に　学も有りげな　話あり

◆新卒の　人事で世話した　人もいて

◎「松本」で　久しぶりなり　楽天会

◇待つほどに　ひざも崩して　楽にして

◆往年の　盛んなファイト　よみがえり

景色

◎風強し　紅梅の色　鮮やかに

◇風邪引かぬ　冬茄の効果　ありと聞き

◆栄養と　生理の知識　織り混ぜて

◎水鳥が　羽を休めて　杭の上

◇不見転が　羽目を外して　悔いており

◆十五羽が　首を揃えて　並びたり

◎鯉二匹　静まり居れり　洗足池

◇声もなく　見る人もなし　住宅地

◆赤白の　大魚それぞれ　一尾ずつ

◎春浅く　洗足池は　しじまにて
◇はらはらと　去年の落ち葉を　浮かべいて
◆岸辺には　ひと際高い　松の丈

社　会

◎外務省　大臣次官　両成敗
◇甲斐性なし　大事なことを　放置して
◆真紀子節　暫しの間　休演に

◎安全研　志村小にて　盛会に
◇安全弁　閉めることから　正確に
◆交通と　生活安全　願いつつ

日記

◎盂蘭盆会　第一人　訪ね来ぬ
◇アラル海　ウラル地方の　南端に
◆この地帯　お盆のような　窪地にて

◎池上で　眼科診療　済ましけり
◇生き神は　頑固信心　せよと言い
◆五十年　昔を偲び　町歩き

◎自転車で　三度出掛けて　用が済み
◇自伝とか　三枝の姓　コピーをし
◆商店街　十時になって　店開き

話題

◎仁川沖　北と南が　小競り合い

◇インチョンは　カンフォア湾に　面しいて

◆サッカーの　余力が銃の　打ち合いに

◎千代大海　堂々押しで　優勝し

◇頂戴と　堂々巡り　頭も低く

◆風貌は　突貫小僧に　よく似たり

◎台風は　北海道に　上陸し

◇台本を　本棚から出し　贈呈し

◆水害の　避難勧告　あちこちに

閑暇

◎横浜へ　快気祝いの　買い出しに

◇横顔に　活気がありて　頼もしく

◆横須賀の　野比の家にも　送りけり

◎かみなりに　犬が驚き　ちぢこまり

◇噛むなりに　犬の歯型が　よく見られ

◆山の午後　雲低く垂れ　雨降らず

自然

◎初夏の　淡き濃き緑　山々に

◇初茄子（はつなすび）　青いままにて　塩に漬け

◆目に青葉　口に茄子で　季節あり

◎天の川　雲に邪魔され　霞みたり
◇天の邪鬼　雲か霞と　逃げをうち
◆七夕の　祭り各地で　賑わしく

時　事

◎サミットが　終わり収穫　一つなし
◇錆びついた　道具を使う　気分なり
◆日本の　債権過大　無関係

◎月替わり　カレンダー出し　にらめっこ
◇つきがあり　可憐な子供　店に居り
◆記入する　ことも少なく　なりにけり

東亜

◎不審船　波高くして　揚げられず
◇不思議にも　何も見えずと　報告し
◆日本と　中国以外の　所属なり
◎中国人　密入国し　悪さをし
◇忠告を　耳にも入れず　悪あがき
◆この国を　稼ぎどころと　認識し

身辺

◎ソファーに　寝転び雑誌　拾い読み
◇ソファミレド　ねんねんころり　眠りけり
◆半世紀　反戦平和　そのあとは

◎ワープロを　二週間ぶり　操作せり

◇「わあプロ」と　言われんほどに　上達し

◆頭より　指先だけの　操作なり

変り目

◎信託の　定期二年に　縮小し

◇芯だけを　残し無駄の葉　摘んでみる

◆預け先　安田はみずほと　改名し

◎梅雨寒で　炬燵を弱に　点火せり

◇ついに醒め　許諾を得んと　弁明し

◆雨空で　国土も冷えた　気配なり

◎蒸しむして　梅雨が近しと　予報あり
◇虫がわき　露も溜まりて　初夏となり
◆六月は　夏というより　梅雨の候

日々

◎夏場所も　外国勢が　健闘し
◇何場所も　ハワイ出身　連覇せり
◆武蔵丸　朝青龍に　旭鷲山
◎W杯　地図帳広げ　国調べ
◇ダブルにて　もう一杯と　杯重ね
◆エクアドル　南米西部の　小国で

付き合い

◎知人より　安房の名産　届けられ

◇知仁勇　併せ備えし　人柄で

◆大向　二代後の　校長で

◎「基礎　基本」　論文書いて　あごを出し

◇競うとも　論議のわりに　あてもなし

◆久しぶり　堅い書き物　苦闘せり

◎依頼されし　原稿送り　安堵せり

◇偉い猿　げんこつを振り　示威をせり

◆ワープロで　清書にかかり　一時間

日和

◎日曜日　梅雨の合間で　晴れ晴れと
◇日朝は　対馬を中に　相対し
◆好天で　庭の手入れも　気分よく

◎朝のうち　伸びた藤蔓　剪定し
◇浅はかな　背伸びを今日も　反省し
◆久しぶり　労働らしき　ものをやり

通院

◎通院の　合間に庭の　手入れかな
◇梅雨の時期　雨の合間の　一時晴れ
◆草木らは　我も我もと　背を伸ばし

◎薬剤の　処理にも妻の　手際よく
◇役割と　心得朝夕　よく務め
◆インシュリン　注射もうまく　なりにけり

風　景

◎表赤　裏は黄色の　落ち葉散り
◇おおもての　裏で小金が　ものを言い
◆葉が落ちて　空も明るく　なりにけり
◎公園に　遊ぶ子もなき　夕べかな
◇紅炎の　跡ひと頻り　夕陽かな
◆制服の　中学生の　帰る路

◎子供靴　置き忘れあり　小公園

◇こともなし　沖の鷗と　人の身は

◆公園に　人影もなし　日暮れかな

街

◎日暮れけり　五時に東は　月明かり

◇日ぐらしも　五時に一日の　始末をし

◆月の出も　一日一日と　変わり行き

◎高速路　貨物トラック　後絶たず

◇梗塞は　血管破る　恐れあり

◆年の暮れ　湾岸道路　渋滞し

◎長原の　商店街は　餅つきデー
◇ながら族　昇天めざし　文句言い
◆サービスの　餅を食らいて　満足し

公　共

◎大田区は　公衆便所に　命名し
◇おおげさな　割りには　小型便所なり
◆さくら亭　ティールームかと　間違えり

◎用水路　名残の水が　流れおり
◇幼児らが　水掻き混ぜて　遊びおり
◆新幹線　水路の上を　走るなり

追憶

◎飛鳥奈良　聖徳太子は　偉人なり

◇明日からは　性根入れ替え　一目散

◆童画展　ついでに太子展　見物し

◎池雪前　竹沢校長　思い出し

◇稚拙でも　竹細工など　試みん

◆学会の　施設と高さ　競い合い

自然

◎藤棚に　半月かかり　日が暮れる

◇富士額　半月状の　まゆを書き

◆名月と　言うにはいまだ　日が浅く

◎キヤノン前　落ち葉を踏んで　歩みけり

◇キャンセルは　落ちこぼれとも　相似たり

◆ガス橋は　車の尾灯　列を成し

◎信州路　冬至の空は　碧く澄み

◇心証は　当時の記憶　そのままに

◆御代田にも　二十数年　経ちにけり

景　色

◎古城跡　菊花展にて　華やかに

◇故障して　奇怪な手当て　腹を立て

◆甘酒を　紅葉の下で　味わえり

◎シルバーに　庭木剪定　委嘱せり

◇知る程に　俄覚えの　意地をはり

◆六月に　手続きをして　四カ月

集い

◎地理学科　第一期生　顔合わせ

◇散る覚悟　大戦を経し　顔もあり

◆地理よりも　戦時の歴史　活発に

◎文化祭　日本文理を　訪問し

◇分割し　二本に分けて　放り込み

◆文化の日　昼過ぎからは　雨になり

交際

◎靖国社　昇殿参拝　比叡会
◇安らかに　昇天したり　冷えた海
◆真珠湾　攻撃からは　六十年

◎内閣府　ファミリー作文　審議せり
◇名を隠し　ハミング鳴らし　慎重に
◆総理府が　今内閣府と　改称し

風情

◎道路掃き　暮らしの余裕　窺えり
◇道路わき　日暮れ一足　先に来て
◆五時ですと　役所のチャイム　知らせけり

◎サッカーの　できる公園　活気あり
◇サッカリン　適宜に入れて　ぐっと飲み
◆多摩川の　近く公園　広々と

季節

◎桜坂　落ち葉黄ばんで　散り始め
◇さすがなり　落ちどころなく　地位を占め
◆春先は　花見の人も　多かりし
◎本門寺　団扇太鼓の　賑わしく
◇本物は　内渡しした　後になり
◆お会式の　万灯並び　華やかに

古城跡
菊花展にて
華かに
十三年 十月

独行

◎雨垂れの　無い木陰にて　一服し
◇甘ったれ　無いものねだり　立腹し
◆公園に　遊ぶ子もなし　日暮れ時
◎春先に　期待をこめて　種子を蒔き
◇バラつきも　期待をすれば　当たりあり
◆草花の　生命力に　期待かけ

時事

◎衆議院　アフガン対策　討論し
◇仕置きせん　危ないところ　遠くから
◆多発テロ　日本をねらう　こともあり

◎アルカディア　有終式典　盛大に
◇有るかしら　優秀な人　背くらべ
◆同窓生　会場ぎっしり　五百人
◎アメリカは　二つのタンに　悩まされ
◇雨も降り　蓋無き下水　満ちあふれ
◆炭疽菌　アフガニスタン　大わらわ

眺め

◎茫々の　流れすれすれ　鶺鴒飛び
◇ぴょんぴょんと　人に追われて　水の上
◆秋晴れの　多摩川からの　ひと眺め

◎吹く風に　多摩の河原の　心地よく

◇福あれと　玉の形の　石拾い

◆対岸の　木々の並びも　鮮やかに

散　策

◎呑川の　暗渠の上は　公園に

◇飲み交わし　暗黙のうえ　公然化

◆公園も　都市計画の　一つにて

◎ガス橋で　休んだ脚を　鳩が踏み

◇数ばかり　安いがよしと　歯止めなし

◆鳩の群れ　人を恐れず　平和なり

付き合い

◎みやこ荘　車で迷い　訪ねたり
◇冥加なし　来るまで待って　立て直し
◆目黒駅　周りの都市化　顕著なり
◎立正の　書き物揃い　安堵せり
◇立志など　架空に逸れて　反省し
◆半世紀　経ちしが地理の　仲間なり

近　況

◎彼岸の日　娘二人が　訪ね来て
◇彼我の岸　幅狭まりたる　気配なり
◆悲観とも　楽観ともなる　この日かな

◎自分史の　中身五節に　分けてみる

◇自問して　眺めてみたり　笑ったり

◆ワープロで　何回となく　手直しし

行く夏

◎蜩(ひぐらし)の　鳴く声止んで　電車過ぎ

◇日が暮れて　夕べのつとめ　狂句かな

◆公園も　この時刻には　人気なし

◎呑川は　澄んで落ち葉の　色さやか

◇飲むかわり　隅で落とし　前を出し

◆秋の色　水の流れに　現れて

小憩

◎間をおいて　猫睨みおり　小公園

◇まあおいで　ねえこのとおり　証拠あり

◆藤の木に　登り何やら　始めけり

◎六地蔵　赤い頭巾を　お揃いで

◇ろくでなし　赤っ恥かき　大損し

◆古（いにしえ）は　道行く人の　よき導（しる）べ

社会

◎写真展　趣味とセンスと　交交（こもごも）に

◇斜視はなく　社会正視が　顕著にて

◆写真機の　良否も多少　物を言い

◎丸子には　サッカー野球　ゴルフ場
◇まるごとに　さっとひと焼き　御馳走さん
◆新幹線　さっと音立て　通り抜け

会合

◎同窓の　評議員会　開催し
◇どうしよう　ひょうきん者で　雅やか
◆この会は　決議機関で　貴重なり
◎湯河原で　町内会に　出席し
◇愉快なる　カラオケ会に　発展し
◆熱海でも　泉は湯河原　駅近し

散策

◎新装の　鵜の木八幡　清清し
◇真相を　鵜呑みしたあと　発見し
◆八幡は　さすが当地の　御祭神

◎西八幡　出世観音　詣でけり
◇主は今　出世途上ぞ　健闘を
◆神仏の　御利益願う　欲深さ

◎大と小　蟻這い寄れり　ベンチ前
◇ナイトショー　足を上げたり　手を振って
◆夏盛り　蟻は一途の　働き手

小閑

◎弧を成して　多摩の流れは　ゆるやかに

◇高層の　マンション建てり　対岸に

◆沿道に　犬連れもあり　走るあり

◎川沿いの　桜並木に　日陰あり

◇皮削いで　さくり一切れ　味があり

◆雪谷中　夏休みにて　人気なし

信濃路

◎久しぶり　御代田の宿に　出掛けたり

◇膝疲れ　カリーナに乗り　六時間

◆東京の　夏の暑さに　耐えかねて

◎信濃路は　日射しは強く　陰さやか

◇信の字は　人と言とで「しな」と読み

◆道迷い　林道山道　さまよえり

伊　豆

◎網代にて　干物を求め　花火を見

◇鰺に烏賊（いか）　紐で縛って　持ち帰り

◆半世紀　集団疎開　思い出し

◎相模灘　白波もなく　穏やかに

◇性（さが）なりや　白歯を見せて　応対し

◆湘南の　海は若者　あふれおり

夏盛り

◎かき氷　昔ながらの　味がして
◇駆けっこで　向かって行くと　足すくみ
◆久しぶり　子供の頃の　気分せり
◎布団干し　乾燥剤を　交換し
◇ふてくさり　缶のビールで　興奮し
◆山麓の　ぶなの林を　眺めつつ
◎暑さかな　雑誌二冊を　読み耽り
◇厚き中　ざっと見渡し　記事選び
◆「諸君」買い　「正論」昼に　届きけり

◎向日葵(ひまわり)の　苗を求めて　鉢植えし

◇暇も無く　ない物ねだり　恥をかき

◆小鉢でも　大きくなれと　期待こめ

日々

◎健保料　半年分を　納入し

◇煙たがり　半歩下がって　喉押さえ

◆三カ月　定期の眼科　診療後

◎参議院　投票済まし　ひと歩き

◇三人の　候補者目処に　ひと案じ

◆比例制　やはり個人が　先になり

眺める

◎リュック負い　学校帰りの　子供たち
◇理屈っぽい　格好つけて　こともなし
◆リュック背は　買い物がえり　女性にも

◎鳩一羽　親しげにより　首かしげ
◇ハッとして　下を見下ろし　首を振り
◆食べるもの　与えたいけど　何もなし

◎嵐過ぎ　五時のチャイムが　よく透り
◇洗いすぎ　ご自慢のシャツ　透き通り
◆公園も　人影はなく　夕近く

鑑賞

◎珍しく　高学年の子　遊びおり
◇めったには　来ない鳥が　近く寄り
◆ビニールの袋　鳥が　突き居たり

◎薪能　モアの施設で　開催し
◇待機して　もう少しだと　我慢をし
◆中老の　女性が多し　薪能

風景

◎池の面に　映る火影は　長く見え
◇生ける友　逝ける友有り　賀状書き
◆夕刻は　下りが多し　中原道

◎相模灘　今日も平和の　波を寄せ
◇逆寄せに　来よう来ないは　風まかせ
◆遥かなる　インド洋とも　水続き

◎曇り空　北の風吹き　雪模様
◇くぐもりて　奇態な言葉　息が切れ
◆気のせいか　鳥の声も　途切れがち

歳　末

◎賀状書き　子供の頃を　思い出し
◇加除修正　事もないのに　おおげさに
◆小学生　時代の友も　何人か

◎障子張り　妻の手さばき　器用にて

◇正月も　詰まるところは　あと二日

◆門松は　明日の仕事に　残しおき

身辺

◎冬休み　子供の声が　弾みおり

◇浮遊して　事も無いのに　羽繕い

◆子供にも　外国人が　現れて

◎上人は　佳き地を得たり　本門寺

◇昇任は　良き地位を得て　本命に

◆本堂に　三度休んで　上りけり

世情

◎人倫を　宅間被告は　指摘され

◇ビンラーディン　タクラマカンに　逃亡か

◆人間の　醜悪性を　代表し

◎年の瀬で　月の出晩く　なりにけり

◇年のせい　足の運びも　遅くなり

◆暮三十日　児童公園　人気無く

院内記

◎寝たきりで　苦闘をしたり　五週間

◇寝言でも　九度に一度は　嘘をつき

◆病院に　少しは慣れて　きたものの

◎入院で　生きてるだけが　人生か

◇ニューギニア　イギリス領で　有りにしが

◆退院し　どれだけ意地が　残るやら

不　安

◎病室で　ナイターを見て　夜を過ごし

◇ぴよぴよと　泣いたひよこも　親鳥に

◆今晩の　様子を気遣う　病院で

◎血糖値　常より高し　気づかれる

◇骨董品　連れと高いと　評価せり

◆食品を　思い出しつつ　反省し

退院

◎退院を　祝ってくれるか　巨人勝ち

◇タイミング　言わずと知れた　贔屓にて

◆テレビ代　日に千円も　惜しくなし

◎一日を　何事もせず　暮らしたり

◇一里塚　何の違いか　やり直し

◆病床を　離れた思い　しみじみと

初日の出
何年ぶりに
拝みたる

平成十二年
元旦

幹

散策

◎多摩川台　古墳の名残　閑かなり

◇玉葛　古風の香り　珍しく

◆亀の背に　似たるが故の　亀甲山

◎椎ノ木に　保護樹なりとの　指定あり

◇強いて聞き　方向違い　指摘され

◆椎の樹も　古び格調　備えたり

寄り合い

◎東京の　ビルと青空　調和して

◇同業の　ビリとトップが　協業し

◆衣料店　飲食店が　軒ならべ

◎身内にて　墓参の後で　会食し

◇身を知らず　ぼさっとあごを　掻きなおし

◆世話掛けし　亡き母親を　偲びつつ

◎先輩を　偲ぶ会席　和やかに

◇洗杯を　交わす間もなく　独り酒

◆会場の　大原会館　優雅にて

身辺処理

◎税務署と　警察廻り　やり直し

◇全部処理　検査を待つも　やるせなし

◆贈与税　数え眼鏡も　付け直し

◎贈与税　計算プロに　依頼せり

◇十両勢　元気奮って　勇み立ち

◆税理士は　いとも容易に　計算し

外部関係

◎大向会　東武ホテルで　開催し

◇大後悔　頭部は火照り　顔赤く

◆期待せる　参加者多く　四十名

◎日本文理　卒業式で　祝辞述べ

◇日本文　即興字句も　粛然と

◆学院長　三代目とも　なりにけり

風景

◎紅梅は　盛りを過ぎて　枝を垂れ
◇白梅は　今を盛りと　香を放ち
◆梅園は　盛りを過ぎた　人で充ち

◎州の上で　釣る人もあり　多摩堤
◇その上に　ずるき人あり　立ち回り
◆このあたり　一体何が　釣れるやら

一服

◎椿の樹　紅と斑の　花つけり
◇妻も子も　赤の他人も　ともに人
◆徳持の　公園広く　心地よし

◎公園に　憩う人なく　夕まぐれ
◇強引に　エゴを貫く　勇気なし
◆八環と　マンションの脇　小公園

今日このごろ

◎天道は　晴雨を問わず　進行し
◇天明は　久が原あたりの　旧家なり
◆小雨降り　散歩半ばで　帰宅せり
◎風呂敷に　手ぬぐい暖簾　半纏展
◇不老不死　天狗の面に　斑点点
◆郷土館　この区の文化　集成し

◎大洋は　眺めるだけで　言葉なし

◇耐え様は　断りなしに　永い眼で

◆相模灘　今日もゆったり　空のいろ

◎道道橋の　八幡境内　さわやかに

◇堂々と　恥じらいはなく　騒ぎなく

◆本殿は　朱で彩りて　威容あり

◎例により　確定申告　提出し

◇レーニンの　革命理論　思い出し

◆贈与税　新たな負担　かかりけり

◎一日かけて　運転免許　更新し

◇人知れず　運梯などで　練習し

◆教習所　高齢者たち　真剣に

季　節

◎秋晴れが　三日続かず　曇り空

◇呆れ果て　見つかってまた　口ごもり

◆句にしたい　事もないまま　日が暮れる

◎全天が　茜の色に　染まりけり

◇前転し　あかんべーして　そばに寄り

◆夕暮れの　空を眺めて　立ち止まり

家事

◎客を待ち　ケーキ作りの　手を眺め
◇格好の　景色を探し　へぼ絵かき
◆待ち人を　気遣いながら　テレビ見る

◎瓦斯焜炉　求めに　犬をお供させ
◇菅公の　梅は匂えど　音は無く
◆在庫には　所望の品が　見当たらず

◎古雑誌　捨てるかどうか　迷いけり
◇降り出して　捨て鉢になり　走り抜け
◆十年を　単位に新と　旧に分け

付き合い

◎地理学科　一期の仲間　懇談し

◇チキンカツ　一気に食べて　腹くちく

◆会長を　仰せつかって　困惑し

◎夢庵で　久方ぶりに　美食せり

◇うめえなと　膝突き合わせ　ビール飲み

◆どれがいい　チラシ眺めて　注文し

動き

◎楽天会　昼から夜まで　会合し

◇天をつく　ビルの地下にて　会食し

◆高層の　四十三階　そびえ立ち

◎拉致事件　国会論議　くどくどと
◇埒も無く　木っ端微塵に　砕け去り
◆回答の　仕様がなくて　抗弁し

◎朱鎔基が　市民と対話　ひとくさり
◇殊勝気に　謝罪問題　言を避け
◆この時期の　日本訪問　意図那辺

◎教育の　改革三件　成立し
◇今日行くと　快諾三歩　歩み出し
◆出停と　社会奉仕が　強化され

◎日米の　首脳キャッチ　ボールをし

◇西の日の　射さない道を　選り歩き

◆二人とも　若さを誇示の　仕草にて

身辺

◎水替えて　瓶の金魚が　元気出し

◇見つかって　壁のいたずら　そっと消し

◆一、二匹　増やして入れる　つもりなり

◎盂蘭盆会　迎え火を焚き　牛馬（ごめ）並べ

◇裏通り　向かう日避けて　陰歩き

◆本覚寺　卒塔婆三本　立て帰り

外出

◎真夏日も　多摩の川風　爽やかに
◇学びつつ　たまに変わった　様をなし
◆ガス橋と　丸子橋とを　眺めつつ

◎大坊と　本門寺とを　詣でけり
◇ダンボール　本を詰め替え　物置に
◆日蓮の　像は威容も　新しく

公園

◎珍しく　子供の遊ぶ　広場あり
◇愛でながら　事や如何と　眺めたり
◆とりどりに　遊ぶ子供は　二十人

◎ガス橋で　川の空気を　味わえり
◇数ばかり　変える事なく　足踏みし
◆一万歩　目指して今日は　八千歩
　世相もろもろ
◎国会は　党首討論　和やかに
◇ここからは　通せんぼとて　無理を言い
◆内閣も　一カ月経ち　形つき
◎学大で　図書の寄贈を　相談し
◇拡大し　どうしようもなく　相殺し
◆学長と　図書館長に　面談し

◎十日会　十四和会とが　重なれり

◇どうかしら　年が若いと　からかわれ

◆年をとり　ダブルと出席　骨が折れ

梅雨期

◎五月雨で　熱海の宿も　肌冷えし

◇寒がりが　厚着をしても　まだ寒く

◆美代ホテル　こちらは泉の　山の家

◎子供らの　遊ぶ公園　珍しく

◇事もなく　後のことなど　目もくれず

◆遊ぶ子の　数を数えて　二十人

散策A

◎さくら坂　緑一つに　なりにけり

◇桜花　見とれていたは　三月前

◆緑濃く　茂れる下で　ひと休み

◎ジョナサンで　鷗のように　停まりけり

◇冗談に　噛まれた真似し　犬を撫で

◆ジョナサンは　ベストセラーの　主人公

街中

◎雨降りで　休む場所なく　一万歩

◇アメリカに　やっと行く気の　真紀子女史

◆中国は　父角栄の　遺志を継ぎ

◎春は花　夏は葉陰の　桜道
◇腹が張り　為す手もなくて　逆さ立ち
◆高校と　小中学校　道に沿い

散策B

◎弧となれる　多摩の河原で　休みけり
◇頬撫でる　玉垣の葉に　気づきけり
◆子供らの　サッカー野球で　賑わいて
◎三日ぶり　町を歩けり　一万歩
◇見つからず　待ち遠しくて　今一歩
◆池上と　女塚まで　徒歩（かち）き

身辺

◎真昼時　住宅街は　人気なし

◇埋まる土器　重箱に詰め　独り占め

◆久が原の　住居趾あたり　人が住み

◎連休で　息子夫妻が　訪ね来ぬ

◇連句では　難しいので　五七五

◆東京に　移転を終えて　久しぶり

会合

◎大田区の　退職校長　会食し

◇応諾し　対処方法　考究し

◆豪勢な　区民プラザを　会場に

◎六本木　交通事故の　協議に出

◇ろくすっぽ　こうすべきとの　異議もなく

◆協会も　特殊を認可に　改称か

◎熱海にて　わだつみ会が　会合し

◇熱い海　わだつ海とは　語呂も似て

◆六十年　熱き思い出　語り合い

◎学大の　同窓会に　出席し

◇拡大し　どうしようかと　思案をし

◆来賓の　多数は旧知の　仲間なり

世間

◎鵜の木にて　司法事務所を　訪ねけり
◇運の尽き　人生の処理　思いつつ
◆何やかや　書類整備に　当惑し
◎知仁勇　修めし同志　他界せり
◇知友にて　幼きころの　同級生
◆師範でも　海軍にても　同期生

景観

◎緑林に　躑躅（つつじ）一群　赤を添え
◇碌でなし　つついて見たら　赤くなり
◆五月では　躑躅主役と　理解せり

◎亀甲の　古墳の群を　辿りけり

◇亀の子の　子分は鮒か　蛙かな

◆古墳群　一から七まで　延々と

◎宝来の　池は菖蒲が　咲き乱れ

◇オーライで　行けば誤り　指摘され

◆紫に　黄色もありて　多彩なり

◎河川敷　市民連休　憩いの場

◇風邪を引き　くしゃみ連発　眼に涙

◆メアンダリー　左右に拡げた　休養地

寸景

◎シャボン玉　二人の少女　さわやかに
◇サボタージュ　ふてくさったり　騒いだり
◆小公園　夏の気配が　窺えて
◎蓮沼も　沼部もすべて　宅地化し
◇蓮の花　千鳥が駆けた　跡もなし
◆久が原の　住宅街から　土地続き

歩く

◎「継続は　力なり」とて　歩きけり
◇帰依すれば　力を得ると　信心し
◆凡人の　生きざまなりと　信じつつ

◎所用終え　平和の森を　散歩せり

◇小用を　塀の陰にて　足しにけり

◆もと海が　鬱蒼とした　森になり

動き

◎予算委は　小泉総理　一（ひと）こなし

◇良さそうな　此奴もそろそろ　一人前

◆二十兆　景気政策　鍵となり

◎都安研　凬月堂で　会合し

◇不安気に　風穴抜けて　後悔し

◆歴代の　会長顧問　十余人

庚辰元旦
ミレニアム
期待の
かかる
昇り竜
幹

年替わる

◎東海道　金谷島田を　ひた走り

◇どうかしら　蟹やしめ鯖　季の走り

◆浜松の　駅の周りは　近代化

◎初日の出　何年ぶりか　拝みたり

◇辰のとし　何を念じて　出で立たん

◆日は昇る　六時五十一分と

◎励みなん　狂句づくりも　三年目

◇果てもなく　今日の一句に　精込めて

◆下手な句も　続けることに　意義有りと

新規加入

◎ミニダックス　二俣川で　買い求め
◇ミネルバは　古代神話の　女神にて
◆ポピーちゃん　名づけて今は　一家族

◎二日目に　犬のベッドを　用意せり
◇不束な　印象あれど　買いかぶり
◆折角の　ベッドに犬は　入りもせず

年頭いろいろ

◎竜王を　画いて句集に　色を添え
◇ルイ王は　宮廷文化に　意を注ぎ
◆想像の　竜は好みの　顔になり

◎春浅し　灯油の缶を　満たしけり

◇はらはらし　頭部に油　塗りにけり

◆時と年齢（とし）　比べてみたり　いくたびか

◎大寒の　今朝は烈風　吹き荒び

◇団塊の　世代も今や　中堅に

◆季の移り　年の移りも　身に沁みて

正月終わり

◎本門寺　身寄りの墓に　詣でたり

◇ほんのりと　梅の香りの　匂いけり

◆名刹も　十日過ぎれば　人も稀

◎年賀くじ　三等当たり　鱈場蟹

◇ねんごろに　サンキュウ言って　帰りけり

◆正月も　そろそろ終わり　小正月

諸会合

◎わだつみ会　東京で持つ　案を立て

◇渡そうか　どうしようかと　案じたり

◆海軍の　思い出語る　二十回

◎靖国の　昇殿参拝　手筈せり

◇安らけく　友よ眠れと　祈願せり

◆わだつみの　会の企画は　恙無く

法事

◎亡き親の　法事の手筈　整えり
◇和やかに　法衣をまとい　若き僧
◆お供物に　花に卒塔婆に　お布施まで

◎父親の　三十三回　年忌終え
◇ちちんぷい　三回撫でて　念を押し
◆ささやかな　法事も済んで　会食し

会合

◎談話室　小会合に　至便なり
◇単純な　紹介だけの　仕事なり
◆新宿も　様変わりして　戸惑えり

◎「思い出の会」の挨拶　文を書き
◇大森で　買いあぐねたる　文房具
◆墨書して　読んで計ると　五分間

身辺

◎ささめ雪　朝方は早　消えにけり
◇さんざめき　あざというわさ　聞こえけり
◆研究の　反省会の　反省し
◎アマリリス　花落ち球根　移植せり
◇余りある　茎を短く　切り揃え
◆大型の　花の芽生えを　願いつつ

世情

◎予算委も　答弁の顔　若くなり

◇夜寒にて　灯油の缶を　確かめり

◆再開で　野党の質疑　活発化

◎逃げるのに　韓国漁船　八つ当たり

◇人間の　格技の型に　よく似たり

◆領海を　無視し自領に　逃げ込めり

テレビから

◎昼下がり　テレビ映画に　見入りたり

◇ひねり過ぎ　照れ臭いやら　おかしいやら

◆若き日に　面白く見た　「旅愁」なり

◎飛鳥では　亀形石で　水を溜め
◇明日香村　昨日も今日も　穴を掘り
◆芦浜の　原発計画　足止めし

身辺

◎梅屋敷　大森の街　漫歩せり
◇うめえやら　大盛りやらで　満腹し
◆大森と　蒲田の境目　梅屋敷
◎月替わり　本屋と床屋　かけ歩き
◇つきがなく　ぼんやりとして　買い損ね
◆弥生なる　日ざしを浴びて　うららなり

◎書庫の中　古き書類を　始末せり
◇性懲りも　なくふりまわす　始末書き
◆十年も　経ち文字跡も　薄くなり

◎診療後　威嚇にも似た　医師の言
◇信用を　医学の基礎に　預けたり
◆血圧が　百八十と　仰天し

◎薬局で　八つの薬　貰い受け
◇厄介な　薬もありて　辟易し
◆医師の言う　八種以上は　危険とか

もろもろ

◎渋谷行き　バスの運転　女性なり

◇渋谷駅　場所も狭しと　人の群れ

◆街街に　女性パワーが　満ち溢れ

◎有終委　女子会員に　期待され

◇優秀な　竹早卒に　寄託せん

◆女子会員　知能指数も　上だとか

身の回り

◎日当たりに　マーガレットを　手植えせり

◇東寄り　曲がり角から　戻りけり

◆多年草と　聞いて買う気に　なりにけり

◎童謡を　巡る記憶を　書き連ね

◇どう言おう　気負ってみたが　鍵がなし

◆昭和初期　少年の頃　思い出し

花のさかり

◎植物園　桜さくらに　咲く桜

◇食物を　皿に並べて　酒を飲み

◆花盛り　並木の下は　人盛り

◎花の下　旧師の葬儀　しめやかに

◇花と生き　草を愛せし　人なりき

◆ショベル捨て　いくさの庭に　征きし人

大相撲名古屋場所

◎名古屋場所　三横綱に　四大関

◇名残惜し　参与とやらで　ひと仕事

◆今しばし　踏み止まって　窺わん

◎満席の　扇子が揺れる　名古屋場所

◇万世は　センスもよくて　好ましく

◆大関が　黒星並べ　白けがち

◎曙が　久方振りに　優勝し

◇あっけなく　久方の日に　目を覚まし

◆十三勝　早くも決まり　味けなく

話題

◎二千年　二千円札　発行し

◇贋札が　できないように　守礼門

◆新札に　お目にかかるは　いつ頃か

◎東大が　ホルマリン処理　誤れり

◇どうだいと　放る真似して　謝れり

◆科学化が　環境保全に　害をなし

季節

◎盆の入り　迎え火を焚き　花を活け

◇凡人は　向かっ腹立て　鼻つまみ

◆三本の　卒塔婆を立てて　出迎えり

◎亡き友の　ゆかりの図書が　届きけり

◇何事も　愉快に処する　人なりき

◆音楽書　官能でない　美の世界

◎送り火で　浄土安堵を　祈念せり

◇残り火を　集め暗渠に　始末せり

◆盂蘭盆の　行事ひと先ず　済みにけり

私　事

◎謄本を　取って息子に　送りけり

◇トクホンを　とって具合を　確かめり

◆うすぺらな　紙で戸籍も　近代化

◎頼まれて　百貨店にて　買い物し

◇タンバリン　百回叩き　お手を上げ

◆人込みに　結構男の　客もあり

◎蜂の巣に　噴霧を浴びせ　始末せり

◇恥とせず　憤怒を押さえ　しまいけり

◆哀れとは　思いながらも　やむを得ず

◎鶏頭を　目立つところに　手植えせり

◇「鶏口」を　目指して今は　「牛後」なり

◆土用の日　時期遅れかと　案じつつ

◎久しぶり　海軍日記　持ち出して
◇膝がくり　かいくぐられず　もろ手つき
◆自分史の　一ページ分　書き加え

◎ワープロも　使い方には　多様あり
◇セミプロの　娘の手先　よく動き
◆大小や　絵入りカラーと　いろいろに

時　局

◎森プーチン　歯舞色丹　話し合い
◇盛り付けて　歯を気にしつつ　箸をとり
◆占領を　既成事実と　する習い

◎日露間　四島問題　先送り

◇日朗は　よんどころなく　坂上り

◆日本の　涼しい時季にと　首相言い

相撲

◎番付に　読めない四股名　二つ三つ

◇晩に着き　夜明けには出る　二人連れ

◆国技館　当用漢字に　囚われず

◎三日目に　上位の力士　揃い勝ち

◇見つかって　冗談交じり　そろそろと

◆大相撲　空席もあり　国技館

外出

◎しぶく雨　第三国道　ひた走り

◇しぶときは　外国人が　ビザ持たず

◆雷鳴の　轟く中を　帰りけり

◎聖堂に　からす濡ればむ　よく似合い

◇船頭が　からっと歌う　よい日和

◆都心には　少ない木立　緑濃く

◎「ながしま」で　十四和会もち　末永く

◇長嶋氏　勇退の弁「永久に」

◆「ながしま」は　老人の街　巣鴨なり

家事

◎彼岸日に　弟熙　訪ね来ぬ
◇彼我ともに　年を忘れて　喋りけり
◆囲碁好きで　惚けもしないで　元気なり
◎シルバーが　来たり庭木を　伐採し
◇ジルバとは　北アメリカで　広まれり
◆前職は　知らず仕事の　腕確か

オリンピック

◎選手団　シドニー向けて　出発し
◇潜航艇　シドニー湾は　失敗し
◆意義有りと　雖も参加　難しく

◎開幕ショー　きめは粗いが　豪華なり
◇変えましょう　決め手は目指す　新天地
◆豪州の　国民性を　展開し

◎柔道の　五輪放送　視聴せり
◇柔はよく　剛を制すと　古語にあり
◆軽量は　田村野村が　金メダル

◎各競技　ジャパン成績　ままならず
◇格闘技　金三個とは　まあまあか
◆サッカーは　格闘技なみ　健闘し

◎野球では　日本南アを　圧倒し

◇焼きを入れ　二本目を打ち　あっと言い

◆米国と　プロで暮らせる　野球国

長野にて

◎小諸にて　菊花のショーに　見入りけり

◇小村なる　鎌倉武将の　砦跡

◆懐古園　装い変えて　新名所

◎新知事に　名刺で反抗　部局長

◇真実は　名義と判子　小役人

◆信州は　まじめな県と　思いしが

付き合い

◎秋田展　わっぱ弁当　二個求め

◇諦めて　ワッと声出し　ニコリとし

◆物売りの　秋田方言　懐かしく

◎「智恵子飛ぶ」　演舞場にて　鑑賞し

◇知恵がつき　演技真似して　感心し

◆同窓会　年中行事の　ひとつなり

季節

◎立冬は　小春日和に　恵まれて

◇一刀は　小手を誘って　面を撃ち

◆一年で　昼が一番　短い日

◎大相撲　福岡場所が　始まれり

◇合うつもり　服一つ買い　恥をかき

◆五大関　三横綱と　豪華なり

雑用

◎水漏れで　水道局に　連絡し

◇ミスがあり　つい当局を　間違えて

◆家中の　七つの蛇口　点検し

◎水漏れは　検知器で診て　パイプ替え

◇見もせずに　見識見せて　パイプ咥(くわ)え

◆家の中　故障も癒えて　まずまずか

時事

◎駅伝で　順天堂が　優勝し
◇エキサイト　順番待てず　抜け道し
◆駒沢を　最終区間で　抜き去りて
◎偽物で　出土偽る　人もあり
◇安物を　高価でさばく　人もあり
◆学問の　社会にもいる　傀儡師
◎アメリカは　ブッシュとゴアが　一騎打ち
◇雨の中　物色もせず　ゴーと言い
◆共和党　減税策が　ものを言い

◎少年法　十四歳に　引き下がり

◇正念は　自由を抑え　規制化し

◆通念は　二十歳までの　呼称なり

◎真珠湾　遠い歴史に　なりにけり

◇真実は　とぼけ顔して　泣きを入れ

◆ミレニアム　大和の国も　向きを変え

◎プルシェンコ　ボレロで滑り　優勝し

◇プレゼント　五・九が　点灯し

◆優雅より　四回転が　鮮やかに

会合

◎フロラシオン　一年ぶりの　「いこう会」
◇フラフラと　一念こめて　たどり着き
◆往年の　懐かしき顔　集まれり
◎立食で　帝国ホテルも　気楽なり
◇立錐の　余地も少なく　桜の間
◆勲三等　新聞社長の　祝賀会
◎フォトス遊　写真展をば　鑑賞し
◇ホッとして　シェーンなものと　見惚れけり
◆校長連　余技の一つで　腕試し

外出

◎熱海にて　息子夫婦と　会食し

◇熱燗を　鍋でふうふう　飲み交わし

◆新しい　決意出で立ち　願いつつ

◎山ほどの　枯れ葉を燃やし　年の暮れ

◇山姥も　仮に歯を入れ　年隠し

◆年中の　行事ともなり　落ち葉焚き

会合

◎巣鴨にて　十四和の幹事　打ち合わせ

◇スカンポの　年を忘れて　ドレミファソ

◆スカンポは　すいばとも言い　かゆみどめ

◎渋谷から　山谷に回り　会議に出

◇渋味より　酸味を好む　変わり種

◆山谷小　神南小の　隣接小

日々

◎ワープロで　今日のノルマを　叩きけり

◇わが風呂は　今日もぬるま湯　脚叩き

◆「自分史」の　校長の頃を　記録せり

◎早々と　年賀印刷　届きけり

◇そろそろと　念を押したり　通したり

◆一日で　年賀書きには　まだはやし

交流

◎大原の　館で評議　委員会を持ち
◇大笑い　ただ剽軽にして　会談し
◆都心から　離れ庭木も　閑散と
◎二二会「轍（わだち）」を編んで　送り来ぬ
◇賑やかに　わたしや君の　記録なり
◆轍とは　太陽神の　歩みとか

世間

◎街街の　クリスマスツリー　賑わしく
◇まちまちで　苦しまぎれの　イベントも
◆商魂の　逞しさのみ　目立ちけり

◎十七歳　またもやバット　振り回し
◇柔軟に　股やパットを　揺り回し
◆父親の　不満を外で　暴発し

動き

◎教基法　改革迫る　時機来たり
◇狂気とも　怪奇ともいう　事故多く
◆人権の　理解多用に　疑義をかけ
◎八十兆　二割以上は　国債で
◇蜂の巣が　庭の片隅　壊れいて
◆大蔵が　苦し紛れに　予算化し

◎アメリカの　大統領選　けりが付き

◇雨の日の　醍醐味炬燵で　テレビ見る

◆独立の　州の権限　名残あり

歳末

◎正月用　雑誌を二冊　求め来ぬ

◇性がつき　子飼いの犬も　もの覚え

◆紙面では　期待も薄い　新世紀

◎十五日　年賀葉書を　書き始め

◇柔と剛　念を押し過ぎ　恥をかき

◆一週間　かかる予定の　六百枚

◎年賀状　アの姓を書き　ひと休み

◇ねんごろに　後味よくと　言葉添え

◆一年に　一度の手習い　心掛け

◎五日目で　年賀状書き　ひと区切り

◇いつかきた　人にも念の　ために書き

◆妻の分　ことのついでに　書いてやり

大晦日

◎障子紙　張り替え暮れの　気分せり

◇塩つかみ　遥かな空を　見上げたり

◆張り切って　勤(いそ)しむ妻の　手際よし

◎大晦日　狂句作りも　詠み納め

◇大法螺も　いくつかありし　対句かな

◆日にひとつ　下手の横好き　通しけり

春爛漫

◎春弥生　桜が咲いて　小雪降り

◇はらはらと　咲く花びらを　白く染め

◆春の雪　積もる間もなく　消えにけり

◎桜咲き　大和心が　気に充てり

◇賢(さか)しくも　山と心が　同化せり

◆敷島の　大和心を　古人言い

◎川沿いに　桜吹雪が　舞い下り

◇可愛さが　咲く花に似て　孫娘

◆呑川に　沿って桜を　愛で歩き

◎古木ほど　精一杯に　花咲かせ

◇瘤つくり　性根もなくて　叫び声

◆桜坂　若い男女も　うずくまり

◎桜花　散り様見んと　出歩けり

◇流石（さすが）なり　散りぎわの佳く　花吹雪

◆早く咲き　気温が低く　長持ちし

◎散り敷きて　路肩彩る　桜かな
◇尻くだけ　肩を落として　逆さかな
◆散り際も　大和心を　思わせり

寸景

◎呑川の　河口確かめ　戻り来ぬ
◇飲み交わし　過去の恨みも　忘れけり
◆川船の　数多(あまた)もやいて　並びたり
◎雀二羽　足元により　じっと見る
◇勧めても　味はもとより　実もなく
◆遊ぶ児の　姿も見えぬ　遊園地

会合

◎洗足の　池を巡りて　花見かな

◇喘息の　息を押さえて　くしゃみかな

◆指導部の　昔の仲間　会合し

◎江戸の華　神田明神　豪華なり

◇干支の鼻　つかんだ明日　効果あり

◆大江戸の　氏子の総意　集めたり

著者プロフィール

三枝 源一郎（さいぐさ げんいちろう）

東京府青山師範学校卒業
立正大学文学部卒業
公立学校教諭を経て教育庁指導主事、品川区教育委員会指導室長、都立教育研究所相談部長、経営研究部長、公立小学校校長、文教大学・青山学院大学講師、関東学院大学教授、日本文理学院高等部学院長を歴任
現在、日本教育新聞社顧問

さきくさの狂句・対句集

2003年2月15日　初版第１刷発行

著　者　三枝 源一郎
発行者　瓜谷 綱延
発行所　株式会社文芸社
〒160-0022　東京都新宿区新宿１－10－１
電話　03-5369-3060（編集）
03-5369-2299（販売）
振替　00190-8-728265

印刷所　株式会社平河工業社

ISBN4-8355-5159-1 C0092